COLLECTION FOLIO

A Sylvia
ces quelques rues
de banlieue dont
elle fera des contes
Bien amicalement
Pécherot

Patrick Pécherot

Petit éloge des coins de rue

Gallimard

Né en 1953 à Courbevoie, Patrick Pécherot a exercé plusieurs métiers avant de devenir journaliste. Il est notamment l'auteur d'une trilogie dédiée au Paris populaire de l'entre-deux-guerres : *Les Brouillards de la Butte* (Grand Prix de littérature policière 2002), *Belleville-Barcelone* et *Boulevard des branques,* de *Tranchecaille* (trophée 813 du meilleur roman noir francophone 2009) et, toujours aux Éditions Gallimard, de *L'homme à la carabine.* Patrick Pécherot s'inscrit, comme Didier Daeninckx ou Jean Amila, dans la lignée de ces raconteurs engagés d'histoires nécessaires.

Découvrez, lisez ou relisez les livres de Patrick Pécherot :

Dans la collection Folio Policier :

TIURAÏ (Folio Policier n° 379)

LES BROUILLARDS DE LA BUTTE, Grand Prix de littérature policière 2002 (Folio Policier n° 405)

BELLEVILLE-BARCELONE (Folio Policier n° 489)

BOULEVARD DES BRANQUES (Folio Policier n° 531)

SOLEIL NOIR (Folio Policier n° 553)

TRANCHECAILLE, trophée 813 du meilleur roman noir francophone 2009 (Folio Policier n° 581)

Dans la collection Folio :

L'HOMME À LA CARABINE (Folio n° 5483)

À Patrick Saussois

AVANT LA BALADE

La ligne droite est assurément le plus court chemin qui mène d'un point à un autre et comme tout un chacun il m'arrive de l'emprunter. Il est des rendez-vous qui n'attendent pas. En pareille circonstance, la droite montre sa vraie nature : utilitaire. L'autoroute, le train à grande vitesse ne zigzaguent pas. Les défilés militaires aux alignements irréprochables exigent des avenues au garde-à-vous. Appliquée à la physionomie des villes, la ligne droite n'est pas sans attrait. Une rue tracée au cordeau touche à l'essentiel comme un texte nettoyé de sa graisse. Encore faut-il s'y attarder. Entreprise difficile. Pour rester le plus court chemin, la ligne oblige à ne pas s'y arrêter. Elle-même « ne fait que passer », rappelle Yves Klein. Lambinez, elle est cuite. Amollie par la nonchalance du promeneur, elle finira par s'alanguir, s'étirer comme une couleuvre décrétée fainéante quand elle sait prendre son temps. La rue la plus rectiligne ne demande qu'à serpenter. Offrez-lui des comptoirs, ombragezla de platanes, elle en viendra à musarder, à frayer avec des voies traversières, à leur céder le passage, à se fendre d'intersections qui sont autant de portes sur l'ailleurs. En pointillés, la ligne est propice à la tangente. Brisée, elle incline à la méditation. Une rue émancipée de sa rectitude se relâche, s'invente des coins, y prend des poses. Le passant qui n'a pas les yeux dans sa poche n'aura rien de plus pressé que de ralentir le pas. Voilà, il vient d'en faire un de côté. Le flot s'écoule sans lui. Il peut tout à loisir le regarder ou choisir une autre direction. Prudence, les premières goulées de liberté suffoquent. Elles vous tourneboulent comme ces vins de ginguet qu'on sirotait sous les tonnelles. Guinguet, le mot vient en bouche. Il a des saveurs de glycine, des fumets de caboulot. Caboulot. D'où sort celui-là ? Quelle voix oubliée vous l'a soufflé ? « Le doux caboulot fleuri sous les branches*. » Quelle mémoire vieille comme un disque de cire avait gardé gravée cette rengaine à deux sous ? Vous descendez vers la Seine, à présent, avec la sensation étrange de remonter le courant. « Chagrins et peine de la semaine, tout est noyé dans le bleu dans le vert. » Celle-là, bien sûr, c'est Gabin ! *La belle équipe*, 1936, la nique à la pointeuse. Il vous vient des envies libertaires. Vous vous prenez à siffloter. Une roucoulade, puissante, enjôleuse,

* Les références bibliographiques des citations se trouvent dans les notes en fin de volume, p. 129.

comme celles des peintres en bâtiment. Lancent-ils toujours des trilles de merle moqueur ?

Vous arrivez sur les quais, résidences et bureaux paysagers. Hier encore, des prolétaires en bleus tachés de nuit y trimaient sur les chaînes. Halte ! On ne siffle pas sur les chaînes. Le bruit, le calibrage des gestes, les cadences fondent l'homme à la machine. Pour lui signifier qu'il n'a pas le droit à la parole, l'organisation scientifique du travail commence par lui couper le sifflet.

Radiotechnique, Coty, Dassault, Unic... d'Asnières à Suresnes, les quais de mon enfance résonnent d'une litanie industrielle. « Dans mon usine de Puteaux, on peut dire que j'ai le fin boulot. » Je ferme les yeux, Yves Montand a tombé la salopette, dans un instant, il prendra l'autobus n° 175 pour aller flâner sur les Grands Boulevards, dans les parfums pomme d'amour de la liberté.

Pour que la magie opère, il aura suffi que la rue se fende de quelques coins. Un carrefour ressuscite un souvenir qui incite à bifurquer, nez au vent comme il se doit. Louvoyer reste la meilleure façon de marcher quand on répugne à le faire au pas. Que le chemin soit celui des écoliers n'est pas pour me déplaire.

Je m'souviens d'un coin de rue...

Puteaux. Il y a Cahuzac, le boucher, dont la mère tient la caisse, et le commis plutôt mal la bouteille. Il y a Détournay, le fromager, madame Delépine, la tripière et son étal qui évoque une table de dissection. Madame Turquetil, marchande de radios, lampes à pied, suspensions, ampoules, tourne-disques et microsillons. Il y a les Conjour, épiciers-crémiers dont la boutique, « Ma ferme », évoque un passé rural, et le lait en bidon une chanson de Charles Trenet.

Il y a la remmailleuse de bas et le marchand de couleurs. Il y a le pharmacien qui vend de la ouate thermogène et des pastilles Pulmoll. La Basquaise, pâtissière, et ses meringues au chocolat qu'on appelle, pour quelque temps encore, des têtes de nègre. Il y a le coiffeur, Samson, dont le patronyme a sans doute dicté la vocation et l'installation rue de l'Église.

Il y a les fontaines Wallace, sur le boulevard, et des rails de tramway, mais plus de tramways. Les autobus disposent d'une plate-forme à l'air libre et d'un receveur à casquette. Il porte, en bandoulière, une boîte à poinçonner les tickets. Quand il ne poinçonne pas, il annonce les stations et tire, aux arrêts, la sonnette indiquant au chauffeur qu'il peut redémarrer.

Le décor sort de terre.

Il y a des palissades, des squares, des quais, des artères où passent des Aronde, des Dauphine, des 2-CV et des VéloSolex. On y voit aussi des percherons solitaires attelés à d'antiques carrioles. Des cyclistes aux bas de pantalons serrés dans des pinces qui les protègent de la chaîne, des triporteurs et des bahuts bâchés. Au pignon des immeubles, des réclames peintes vantent le savon Cadum et les vins du Postillon.

Les rues sont pavées, les passages piétons cloutés, les agents bardés d'un bâton blanc. Et puisque la guerre d'Algérie n'en est pas une, on les appelle gardiens de la paix. Ils règlent la circulation aux carrefours dans de fragiles nacelles métalliques qu'un humoriste a baptisées cocottes-minutes « parce que ça siffle quand le poulet est cuit ». Les chansonniers sont impayables. Bourvil chante la tacatacatique du gendarme.

Sur la voie ferrée qui mène à Saint Lazare — et à Versailles selon qu'on y effectue un aller ou un retour —, les trains ont la couleur des convois militaires. On la dit caca d'oie, mais je discerne mal s'il s'agit d'une appellation contrôlée ou d'une marque d'irrespect. Les motrices à caténaires croisent les dernières locos à vapeur dont la fumée enveloppe les enfants en route vers l'école et les fait disparaître un instant qu'ils voudraient suspendu. Devenus grands, un transistor acheté chez madame Turquetil leur apprendra, avec Prévert, que les wagons étaient dorés et le printemps garde-barrière. Le poème sera chanté par Gréco ou Mouloudji et ils se souviendront qu'un grand chemin de fer les avait emportés tout autour de la terre.

La cité où perche l'école porte le nom de Charles Lorilleux. Hommage à l'industriel, fabricant d'encres d'imprimerie, dont le père avait choisi la colline de Puteaux pour édifier ses usines. Mais le gamin aux genoux couronnés qui se hâte vers la classe ne le sait pas encore.

Avant la découverte de Pierre Lorilleux, en 1828, les imprimeurs fabriquaient leur encre en broyant du noir de fumée qu'ils délayaient à l'huile de noix. Périssable en quelques heures, le mélange fut abandonné dès l'apparition de l'encre industrielle. Il possède à mes yeux le pouvoir singulier d'invoquer les fantômes. J'y ai cru comme on croit, enfant, à une vérité première. Celle-ci est tombée d'un vieux Larousse. Sa définition des encres, le détail de leur composition paraissaient révéler un secret alchimique. Sur la couverture du dico, une femme qui ressemblait à la Dame du lac soufflait le savoir aux quatre vents. J'en ai reçu ce que j'ai pu, j'ai toujours aimé le vent. Il a donné au noir de fumée le pouvoir que son nom m'évoquait.

« Imagination féconde, mais déplacée dans un devoir d'Histoire. » Comment convaincre un instituteur formé au positivisme des hussards noir de la République que deux et deux ne font pas quatre tous les jours ? Qu'un fantôme répugne au claquement de doigts et n'a cure de démontrer son existence ? C'est pourtant bien du noir de fumée qu'ont surgi mes premiers fantômes. Vers la rue Mars-et-Roty végétait une vague librairie dont les rayonnages dégarnis cachaient un florilège des éditions Marabout. Mes fantômes en sont sortis. Ils habitaient les romans de Jean Ray aux senteurs de brume, de whisky et de tabac flamand, ceux d'Henri Vernes, poisseux des docks de Londres, ceux de Marcel Béalu et de Claude Seignolle. Peu m'importait que le noir de fumée fût, depuis belle lurette, tombé en désuétude. Lorilleux en avait conservé le substrat. Ajouté à ses essences nouvelles, il en composait une encre particulière pour le seul usage d'un cercle secret de connaisseurs où officiaient mes chers maîtres de l'ombre. Souvestre et Allain en masquèrent leur génie du crime : Fantômas lui-même, que Desnos, Magritte et Clovis Trouille me ramèneront, l'âge venu, comme une petite madeleine venimeuse. Coulant du papier à l'image, je tiens que l'encre de fumée servit à noircir la plaque au collodion des anciens procédés photographiques pour la rendre sensible à certains phénomènes tels la révélation d'ectoplasmes. Puis à imprégner les sels d'argent de la pellicule cinématographique utilisée par quelques initiés : Feuillade, Franju, Paul Grimault...

« Élève studieux mais souvent dans la lune. »

Aujourd'hui, mes fantômes sont moins baroques. Ils ont la gueule du quotidien. Terne, besogneuse. Celle des matins petits, du tabac gris, des remblais ferroviaires, des reflets sur le bitume. Ils nichent dans les immeubles ravalés, les pavillons à jardinet, les barres, les friches, les bicoques délabrées, les chantiers, les hangars, les parkings creusés sous les dalles de béton, les résidences à codes. Ils dorment parfois, d'un sommeil mauvais, sans domicile. Il n'empêche. « Pour être bien en un endroit, il faut connaître les fantômes », arguait Céline. Mon instituteur les a rejoints sans que j'aie pu lui dire. Je n'avais pas les mots qu'il faut. Et lui, manquait d'oreille

« Élève studieux mais souvent dans la lune. »

Je n'en suis pas redescendu. La faute à la rue Lorilleux !

*

La Défense n'est encore qu'un rond-point sur une avenue poussiéreuse. Des immeubles décatis, des cheminées bizangoin, le linge aux fenêtres. Du plat, du rien. Des petites vies. Du quotidien ravaudé, le chemin de l'usine. S'y rendre se dit aller au chagrin. À l'aube, quand la fumée alourdit les frimas, la chaussée se confond avec la Seine en contrebas. Empêtré dans la brume, on ne sait plus qui est quoi. Le fanal d'une péniche, la lanterne d'une auto, une loupiote de vélo, le rougeoiement d'une cigarette… Un clochard s'y est perdu. On l'a repêché aux écluses de Suresnes, tout gonflé d'eau. Jamais il n'en avait tant bu.

Dans la purée de pois, le jour pointe comme il peut. C'est l'heure des cafetières, des chasses d'eau, de la toilette expédiée aux éviers des cuisines et des toux matinales. Par les claires-voies d'un volet, les phares d'un autobus aspergent le plafond. Dans une cour, des matous en bamboche visitent leur dernière poubelle.

C'est ça la Défense. Quatre-vingt-dix ans plus tôt, on y voyait les Prussiens. Le siège de Paris, le kaiser et les Uhlans. Il reste une statue vert-de-grisée. La République, le drapeau et un soldat mourant. Les canons, il aura suffi de les retourner pour prendre sous leur feu les insurgés de la Commune. Le rond-point portait le joli nom de butte Chantecoq quand s'est achevé le temps des cerises.

Pousser droit devant mène aux Bergères. Une autre place, un autre rond-point. Il doit son nom à sainte Geneviève, elle y menait paître ses moutons. Plus loin, c'est la plaine de Nanterre. Des terrains vagues entre deux chantiers et des rues dont le nom suffit. Rue des Graviers, rue de la Sablière, rue des Parpaings... Caillouteuses, crevées d'ornières où cahotent des camions terreux. Un bourbier l'hiver. L'été, un sol sec, crevassé et si dur qu'on n'y planterait pas un couteau.

La plaine, c'est le coin des ferrailleurs. Moitié rabouins, moitié arcans. La peau plus noire que les frusques. Poignets de force, clope au bec, le cheveu gras sous la gâpette, ils vivent dans un maquis d'acier où flambent les braseros. Carcasses de voitures, tuyaux de plomb, rouleaux de câbles, tôles, cuivre, fonte... le métal y est ratissé, trié, martelé, désossé, compressé, revendu trois broquilles la tonne.

Les souvenirs sont pleins d'images volées. Rues de papier, images de rues, glanées ici et là. C'est de la chine, du ressemelage de vie, du passé maquillé. Mes ferrailleurs ont les visages de Bernard Fresson, Boby Lapointe, Michel Creton, Maurice Auzel… Ils sont sortis du stylo de Claude Néron et des bobines de Claude Sautet pour traînailler entre petites combines, petite semaine et coups foireux.

À cet instant, Boby Lapointe feuillette un illustré. J'achetais les mêmes au marché. Des occasions. Repris au quart du prix, revendus à sa moitié jusqu'à ne plus valoir tripette, tout cornés et piteux d'être passés par tant de mains. Blek le Roc, Zembla, Mandrake, Tartine, Geppo… Deux pages noir et blanc, deux pages couleur ou parfois pas du tout, rapport au coût de la barbouille. Combien de tubes Lorilleux dans un numéro des *Pieds nickelés* ?

Boby, lui ne sait pas lire, ou si peu. C'est bien, pour ça, les illustrés. Tout à l'heure, il lâchera les siens pour une mitraillette. Elles valent tous les certificats d'études. Entre-temps, Bernard Fresson aura rencontré Max, un copain de régiment. Max, c'est Michel Piccoli. Il est flic mais Fresson l'ignore. Il ne sait pas davantage que Max va les embarquer dans un coup dont ils n'ont même pas l'embryon d'une idée. C'est un spécial, Max. Un genre de Marat, il veut faire tomber des têtes. Peu importe qu'elles ne contiennent que du vent. Un jour ou l'autre, le vent souffle. C'est scientifique. Calculé, estimé, inscrit au grand livre de ses certitudes. Max ne peut pas se tromper. Sous d'autres cieux, il aurait été commissaire du peuple. Il en a les obsessions, la rigidité et l'absence totale de doutes. Aujourd'hui, devant un môme à la crèche, il saurait très exactement à quel âge il tournera voyou. Arracher la mauvaise herbe avant qu'elle pousse, c'est son dada. Les baltringues de la plaine, il leur suffit d'un déclic. Il le provoquera. Ce qu'il n'a pas prévu, c'est le grain de sable des sentiments. Il vient même aux commissaires du peuple. Max le verra, trop tard, dans les yeux de Romy Schneider. Pour l'heure, les ferrailleurs zonent entre leurs micmacs et le bistrot de la mère Saïdani. À trois coins de rue des Bergères. Je ne les connais pas encore.

*

Puteaux. L'immeuble perce la brume comme un vaisseau fantôme. Il suffirait de pousser la porte... Traversez la cour intérieure — gare aux pavés branlants — et franchissez le seuil. N'hésitez pas. La voisine est sur le palier, la concierge dans l'escalier. Le monde est à sa place. Un monde d'avant. Quand les pipelettes signalaient d'une pancarte qu'elles briquaient les étages, quand les waters trônaient aux entresols, quand les poêles étaient à charbon, la peinture au plomb et les bassines en zinc. Un temps de vasistas, de patins à parquet, de lessiveuses et de garde-manger. Un temps béni des brocanteurs, des tourneurs de mode en rond et des regretteurs d'hier. Le temps des logements insalubres, des vases de nuit, du poste à eau dans les communs, du saturnisme à domicile et des bacilles de Koch.

L'immeuble est de ce temps-là. Il vient des âges farouches. Une plaque bleue à l'émail écaillé signale encore, dans son entrée, l'eau et le gaz à tous les étages.

Il fait tache. Rasé, le quartier, à grands coups de pelleteuses, de masses et d'engins à chenilles. Des escouades de promoteurs, d'architectes et de chefs de chantiers beaux comme un clip Manpower y ont semé du béton à pousse rapide. Il a grandi droit, net, aérien, hygiénique. Dans son coin, oubliée du cadastre, la bicoque ressemble à une toile peinte par Alexandre Trauner pour un film de Carné. À l'ombre des tours, on la croirait égarée par un machino distrait sur le plateau de tournage d'un Johnny To.

Clac-clac-clac. Madame Bergeron ramone sa salamandre. Chaque matin, il faut vider son trop-plein de cendres pour que le feu reprenne. Madame Bergeron loge au premier. Tout en ventre et en petits talons. Courte sur pattes. Elle piétine de l'aube au couchant. C'est rapport à son état. Depuis trente ans, elle est vendeuse à la Samaritaine. On dit la Samar et on y trouve tout. Des vêtements de confection, des articles pour dames, des jouets, des gazinières et des animaux de compagnie. Son rayon à madame Bergeron, c'est la ganterie. Elle y vend aussi des fichus et des parapluies. De l'inusable. Ses pépins font une vie. « Même à Cherbourg », elle dit, quoiqu'elle n'y soit jamais allée. C'est façon de marquer qu'à la Samar, on ne fourgue pas de camelote. La maison est réputée. Làdessus, madame Bergeron ne plaisante pas. Sur le reste, guère davantage. Pète-sec et voix de fifre, chaque jour, à heure fixe, elle houspille son mari. Il ne lâche pourtant ni un mot de trop, ni un de travers. C'est un placide. Patience et longueur de temps. Il est dans l'Administration. Il en a vu d'autres. Il a le cuir épais. Imperméable. La qualité Samar pour ainsi dire. Les rebuffades glissent dessus. Du reste, il n'en reçoit qu'une moitié. Monsieur Bergeron est dur d'une oreille. Chez eux, le foutoir règne aux quatre coins et partout ailleurs. Sur les fauteuils, le buffet, la toile cirée, le dessus de cheminée. Les bibelots, les photos dans leurs cadres, le calendrier des Postes, l'étui à lunettes, l'almanach, les feuilles de la Sécurité sociale, la TSF, le chien en plâtre qui change de couleur selon la météo, le porte-mine, le journal dépiauté sur la table, ses pages comme des pelures d'orange. À naviguer dans ses rayons bien ordonnés, Mme Bergeron a besoin de pagaille. Un petit vent de liberté. Lui, il en a pris son parti. Le dimanche, il donne le tempo, comme une revanche bonasse. C'est à son pas qu'ils vont prendre un bock sur le boulevard. Et s'en reviennent. Elle se retient de cavaler. Après tout, c'est le jour du Seigneur. Celui où il a mis les pouces. Sans tremper dans les bénitiers, on peut se dire que l'exemple vient de haut.

Au second, vivent les Raizard. Taciturnes, emmitouflés, chapeautés. On les croirait toujours sur le départ. Un réflexe qu'ils ont gardé d'un temps où mieux valait avoir le bon. Ils n'en parlent pas. Comment dire l'innommable ?

Monsieur Raizard peint. Des toiles sombres, qu'il ne montre pas. Des nus blafards aux chairs offertes. Il bricole aussi, des entrelacs de tuyaux irriguant le placard changé en lavabos. Sa femme le couve des yeux. Un artiste. Un Léonard en somme. Son grand homme.

Ils ont une fille qu'on dit bizarre. À trente ans, elle descend l'escalier sur la rampe, répond aux bonjours par d'étranges formules et ramène sur le palier des garçons sans manières. Elle s'attife de nippes rapetassées, laisse déborder l'eau, bouillir le lait, entrer les quatre vents. Un 14-Juillet, elle revient du bal peinturlurée, bourre sa valise de chaussures, enfile deux imperméables et annonce qu'elle épouse un pompier. On l'emmène riant à la lune. Nul ne la revoit. Les Raizard sortent de moins en moins. On les oublie. Ils disparaissent, l'un derrière l'autre, silencieux, comme ils ont vécu. Dans l'appartement vide, les tuyaux se dessèchent comme des serpents morts.

Au troisième, loge Madame Fouraste. Retraitée des contributions, carotte de cheveux et lyonnaise d'accent. Pour parler d'elle, lorsqu'on n'a rien d'autre à faire, on rappelle qu'elle a perdu son mari. Je l'imagine distraite. Mais que son époux, sous-chef de service à la direction de l'Équipement, n'ait pu retrouver son chemin m'étonne.

La distraction de madame Fouraste est quotidienne. Elle égare ses vêtements, cherche ses mots, oublie son adresse. La maladie découverte cinquante ans plus tôt par Alois Alzheimer n'a pas encore répandu son nom. On dit de madame Fouraste qu'elle perd la boule. Quand il lui devient impossible de remettre la main dessus, elle part, sans même s'en rendre compte, pour un lieu inconnu, portée par un ambulancier dans l'escalier qu'elle ne reconnaît plus. La poussière envahit le logis fermé. Elle recouvre peu à peu les meubles encaustiqués, la poupée sur son coussin, la plante verte fanée, l'horloge arrêtée. Ce qui faisait une vie se disperse entre une salle des ventes et les boîtes à ordures.

*

Il y a les cinémas. Ils sont trois, comme les lanciers du Bengale, les mousquetaires qui sont quatre et les sergents qui sont cinq dans le film de John Sturges : Dean Martin, Frank Sinatra, Sammy Davis Junior, Peter Lawford et Joey Bishop. Les cinémas, eux, se nomment le Rex, le Central et le Lido. Leurs programmes sont placardés au coin des rues, sur des affiches de couleurs respectives, verte, rouge, bleue, qui m'évoqueront, lorsqu'en viendra le temps, les voyelles de Rimbaud. Pour l'heure, mon seul Arthur est le petit fantôme rondouillard dessiné par César dans *Le Journal de Pif*.

Le Central est un palace comme on en érigeait dans les banlieues. Balcon, loges, orchestre, fosse, scène, écran géant, il abrite des cirques romains, le train de Gun Hill, les sept mercenaires, des forts Alamo, Cartouche et des bonbons Kréma. À l'entracte, je les achète aux ouvreuses harnachées d'une corbeille d'osier que son chargement de confiseries fait grincer. Je n'ai rien oublié des Mint'ho, des Treets — ils fondent dans la bouche, pas dans la main —, des caramel Dupont d'Isigny — ils sont exquis — et des esquimaux Gervais dont l'emballage, gonflé d'air, se transforme en pétard dès la lumière éteinte.

Le Lido, lui, n'a qu'une ouvreuse. Du moins, il ne me revient pas d'en avoir vu plusieurs. À quoi serviraient-elles ? La salle ne possède qu'une allée latérale. À gauche de l'écran. Si ma préférence va au Central, je fréquente les deux cinémas mais entre rarement au Rex. Je n'ai pas le goût à voir dans les nanars dont il s'est fait une spécialité, ces perles qui raviront une poignée d'esthètes. *Maciste aux enfers, Sartana... si ton bras gauche te gène coupe-le* et autres *Banco à Bangkok pour OSS 117* m'évoquent un Technicolor criard, des acteurs de troisième zone et une odeur de pieds. Le Rex aligne le ticket d'entrée sur le prix des navets. Péplums carton-pâte, westerns improbables, films d'espionnage usés jusqu'au cellulo, bâclés en huit jours dans des studios sous-loués de Cinecittà. Le cinoche s'est acquis une clientèle à l'avenant. Silhouettes chiffonnées, purotins, solitaires, spectateurs fatigués. Travailleurs immigrés pour la plupart, algériens, marocains, on dit nordafs, alors, sidis, mon z'ami et bien d'autres choses qu'on préfère oublier. Ils sont tombés du bled comme on choit de la lune. Largués dans des coins décatis et des banlieues lointaines. Le Rex colle des couleurs sur le gris de la pluie et des rustines pas chères sur leurs rêves crevés.

*

Rue Voltaire. Des relents de casbah et des pavés disjoints, gras des eaux usées. Des bâtisses décrépies. Des fenêtres étendages. Tricots de peau, caleçons longs et, sur son cintre, la chemise en nylon qui mouline des manches. Du linge d'homme trop porté, la petite lessive au Paic dans la bassine et les mains qu'on pensait faites pour d'autres travaux. Les paliers donnent sur des chambres meublées au petit bonheur bancal. La table, la chaise, le lit. Coiffée d'une valise gondolée, l'armoire où pend le costard tire-bouchon dégoté au décrochez-moi-ça.

Ils sont les étranges étrangers de Prévert. Manœuvres dans les usines d'automobiles. Simca-Poissy, Citroën-Nanterre, Renault-Billancourt. Embarqués vers la chaîne au rythme des 3 × 8. Retournés vidés comme des poulets. Le sommeil haché, le repos en brisures, la veille incertaine. Et là-bas, en Algérie, la guerre qui n'est pas la guerre, mais les rend soupçonnables. Et l'autre, plus cachée encore, qui indiffère parce que les loups entre eux… Comptes réglés jusque dans les cafés, rideaux de fer baissés. Et plus haut, casernés à Nanterre, les bons larrons, ceux de la FPA, « Force de police auxiliaire », harkis de l'intérieur. Elle est tout ça la rue Voltaire, à Puteaux, à deux pas de la Seine rougie de sang un 17 octobre 1961, la police dès le pont de Neuilly pour endiguer le flot qui grossit les cortèges descendus de la Folie, des Pâquerettes, de Colombes, de Gennevilliers…

Étranges étrangers. Toujours manœuvres, la paix venue. Mais d'autres marches pour la dignité. Les grèves, dures, chaînes arrêtées, boulons lancés. Un nom, enfin, arraché : ouvriers spécialisés. O.S., un nom de rien, tout en bas dans l'échelle des métiers, mais un nom, c'est déjà exister.

Rue Voltaire, années 1970, dans leurs sombres bistrots, ils rêvent à des parfums que je ne connais pas. Je ne sais ni l'exil, ni la promiscuité des piaules partagées, ni les cadences infernales, ni le chrono du contrecoup, ni la sirène de l'usine, ni les sifflets des flics, ni l'ignorance où on les tient. L'humiliation n'est pas mon lot. Nos gauloises fument du même bleu, elles ne feront pas de nous des semblables.

Pour un mort au travail, à qui renvoyer :
un gilet de laine,
une théière argentée
une boîte, en fer-blanc, de tabac à priser,
une cuvette en plastique,
un bol, un blaireau, du savon à barbe,

un paquet de lames Gillette,
une photo du bled ?

Rue Voltaire, 2011. Rénovées, les ruelles la jouent village. C'est un soir Ramadan, l'heure approche de la rupture du jeûne. Kadija et Abdallah nous l'offrent en cadeau parfumé. Végétarien, j'ai mon harira, ma pastilla et mon couscous mitonné légumes. Le travail supplémentaire en cuisine est aussi un cadeau. Et une petite joie de l'avoir préparé.

— Kadija, sans viande, je suis plus hallal que vous.

Sourire. Nous parlons de tout, de rien. L'air est doux, Ramadan partagé comme un gâteau, la terre tourne rond. Par amitié, aujourd'hui j'ai jeûné.

— Ce n'était pas trop dur ?

Regards à la table :

— Après ça, je pourrai jeûner encore quelques jours…

Abdallah rigole, il sourit encore en évoquant « la Mosquée des chrétiens », à Marseille. Notre-Dame-de-la-Garde, ils y sont allés, pour voir. Étonnés de pouvoir y entrer à l'heure de la messe, et contents.

— J'ai fait le signe de croix, en respect.

Il me montre, geste esquissé.

— Abdallah, on vous aura pris pour un orthodoxe, ils le font comme vous, de droite à gauche. Les catholiques se signent dans l'autre sens.

Je le fais à mon tour et nous voilà tout drôles, lui le musulman, moi l'agnostique.

Au coin des rues, Dieu a la douceur d'une datte et le parfum du thé.

*

La rue Monge, à flanc de colline, vaut celles de la Butte. Escaliers compris, virage en sus et en épingle à cheveux. Puteaux a ses hauteurs. Elles ont fait baver les coureurs cyclistes, chaque année au prix de l'Amitié. Anquetil, Poulidor… On avait de belles courses dans notre banlieue. La caravane publicitaire, les chapeaux en papier lancés à la volée, les chewing-gums, les petites casquettes Ricard, *Le Journal de Mickey* et *Le Miroir des sports.* Les motards, devant, et les autos suiveuses pleins phares, klaxons italiens. Fallait voir. Et entendre. C'était du beau raffut. Les bistrots débordants, la gentille foule sur les trottoirs et les bravos au peloton qui filait en volée de flèches multicolores. Puteaux changé en vélodrome, des Bergères à la Seine. Le crincrin dans les hauts-parleurs et les primes annoncées à chaque tour. Deux cents francs offerts par la maison Singer, cinquante par La Coupole, brasserie tabac, rendez-vous des sportifs… De la réclame de quartier comme sur le rideau fluorescent du cinoche. De la bonne franquette et du monde aux fenêtres. Les reporters dans les autos pinponnantes et, là, quelque part, René Fallet, venu d'une autre banlieue. Il prend l'odeur du vent dans la sueur des maillots, il en fera peut-être un papier pour *L'Équipe.* À moins qu'il ne soit venu sentir l'air de Bagatelle, de l'autre côté du pont, parfumer de printemps les pralines et les demis panachés. Il roulera tout ça dans le tabac de ses gitanes et un jour, dans un roman ou une chronique, il en exhalera des bouffées. Avant il aura crocheté par Courbevoie, chez les Granet-Pélissier qui tiennent boutique de cycles, rédigé une « défense du Poulidorisme » dans *Paris Match* et couru le Critérium des gentlemen de Linards créé par Antoine Blondin pour aider Perce-Neige, l'association de Lino Ventura. Les coups de pédales sont parfois des coups de cœur.

Rue Monge, le mien cognait sur le bitume quand j'y ai joué avec la mort. À l'âge des culottes courtes. À plat ventre dans le virage, histoire de savoir si quelque chose est écrit, quelque part, sur les pages d'un grand livre ou les lignes de la main. La mort ne m'a pas ramassé dans sa voiture-balai. Je me suis relevé, un poids en moins dans la poitrine mais, à sa place, comme une perplexité qui tairait son nom. Je n'avais pas percé le secret du grand livre. La prime au petit coureur, je ne savais pas qui me l'avait donnée. J'ignorais qu'au même âge, le petit Fallet lui aussi avait cherché la réponse, dévalant, coudes au corps, sa ruelle de Villeneuve-Saint-Georges pour traverser, sans un regard aux autos, l'avenue où elle se jetait.

*

Place Stalingrad, Iouri Gagarine. Le premier humain dans l'espace est à Puteaux. Balcon de l'Hôtel de Ville, un petit homme en uniforme comme il en parade à toutes les tribunes de la patrie du socialisme sans que cela émeuve ses laudateurs. Bonne bouille, bonne pâte sans doute pour accepter, après avoir touché les étoiles, un contact aussi modeste avec la terre.

Public clairsemé. *Marseillaise* crachouillante jouée sur un électrophone, quelques mots convenus que je ne retiens pas, la conquête des étoiles a la grisaille d'un guichet administratif.

Quatre ans plus tôt, un oncle m'offre une réplique gonflable de Spoutnik 2. Le satellite artificiel lancé par l'URSS le 3 novembre 1957. Les hublots de plastique laissent voir Laïka, la petite chienne cosmonaute. Les actualités la montrent jappant, joyeuse, avant son départ. Nul ne dira la terreur d'un chien propulsé à vingt-huit mille kilomètres à l'heure autour de la Terre. Version atomique du coup de pied des hommes aux pauvres cabots dont la faiblesse sera toujours de les aimer.

Prescience enfantine du grand mensonge soviétique ? Je découpe le spoutnik pour libérer sa prisonnière. La vraie Laïka ne survivra pas au voyage. Sept heures après son lancement, elle meurt d'angoisse et d'asphyxie dans sa capsule chauffée à blanc. Cela ne sera révélé qu'en 2002.

Alunissage d'Apollo 11, années lycée, je marque mon non-alignement en créant un éphémère front de libération des Sélénites. Tandis que Neil Armstrong pose le pied gauche sur la mer de la Tranquillité, je me calfeutre dans ma chambre. Bed in solitaire. Sur ma platine, une Dual poussée au maximum, Léo Ferré crie sa colère : « Pauvre mec, mon pauvre Pierrot / vois la lune qui te cafarde / cette Américaine moucharde / qu'ils ont vidée de ton pipeau. » Les Frères Jacques, eux, se font mélancoliques : « Pleurez pierrots, poètes et chats noirs, la lune est morte ».

Entre ces deux étapes de la course à l'espace, la poste m'aura livré le cap Canaveral dans un colis. Modèle réduit, figurines, accessoires... Cadeau d'une tante lointaine. Elle vit aux États-Unis. Je ne la connais pas. Fantasque et belle, son sésame pour la liberté a débarqué avec l'US Army un matin de juin 1944 sur une plage normande écrasée de fer et de feu.

Le jouet me laisse indifférent, sa provenance me transporte. Une tante américaine n'est pas donnée à tout le monde. La mienne ne vieillira jamais. Photographiée façon Harcourt, elle illumine l'appartement comme les étoiles le hall du cinéma. L'Atlantique traversé, elle larguera mari et fille pour mener une vie de femme comme celles du Vieux Continent n'osent encore la rêver. Je l'imagine dévorant la vie comme un crumble du Kansas. Elle agonise, les os rongés par le cancer. Topeka, Shawnee, 205 East street. Elle écrit de tendres lettres dans lesquelles elle regarde la mort avec une douceur qui approche la sainteté. Ou l'élégance.

Cap Canaveral s'appelle aujourd'hui Kennedy. À Puteaux, la place porte toujours le nom de Stalingrad. Et certains soirs encore, les Frères Jacques tournent sur ma platine.

*

Jean-Christophe Averty lorgnant une côte de veau. Cela pourrait être un collage surréaliste. Mieux, c'est Jean-Christophe Averty lorgnant une côte de veau. Puteaux, boucherie Huet, rue Chantecoq. Silhouette dégingandée, pull marin, imper, front pensif. Peut-être la voit-il avec son œil caméra, la barbaque, il va l'incruster dans des images bricolées sur des machines de l'Ina, des tables de montage qui sentent la colle et le Celluloïd, des bidouillages électro d'avant l'ordinateur. Aussi bien, va-t-il la mitonner, sa côtelette, et la boulotter sur un coin de table, la fourchette dans une main, dans l'autre un bouquin sur le jazz ou l'histoire du music-hall.

— Excusez-moi, vous êtes bien monsieur Averty ?

Mine renfrognée :

— Oui.

— Je voulais vous dire merci.

Sourire malicieux et zozotement :

— Il n'y a pas de quoi, vous savez, ce n'était vraiment pas grand-chose.

Si, c'était beaucoup. « Les raisins verts » et les bébés à la moulinette, *Ubu roi, Le Dernier Jour d'un condamné.* Averty à la télévision, c'était l'intelligence, la liberté, le grand vent. Il vient de loin.

« Nous avons la télévision. » La phrase marquait de façon irrévocable la modernité de qui la prononçait. Té-lé-vi-sion. Le mot, nouveau, désignant à la fois le procédé de transmission d'images et l'objet qui les capte, avait la solennité qui sied aux grandes découvertes. L'abréger l'aurait rendu vulgaire. L'heure n'était pas venue de la télé.

Avoir « la télévision » faisait du crémier un avant-gardiste, de la ménagère une vestale du progrès et du chef de bureau le membre d'une élite. L'ouvrier la rêvait en conquête sociale, le paysan s'en méfiait comme de la guigne ou du chat noir qui a le mauvais œil.

Nous avions la télévision. Elle émettait quelques heures par jour de studios où l'on rendait l'antenne après s'en être servie. Des ludions en costumes trois pièces y bricolaient des jeux rigolos, des drames historiques, des énigmes policières et des magazines de grands reportages. Celui des explorateurs pistait les derniers pygmées avec la bonne conscience de Tintin au Congo. « Cinq colonnes à la une » filmait la fin d'un empire. Les informations donnaient les nouvelles balisées d'un monde en noir et blanc. Les speakerines annonçaient les programmes comme on dit la bonne aventure et réprimaient des fous rires dont la raison nous échappait. Nous devinions un cameraman farceur, un électro blagueur, un câbleur facétieux. Nous imaginions alors des régies de pitres en salopette et de loustics à cravate qui cachaient bien leur jeu. La caméra explorait le temps. « En votre âme et conscience » rejugeait Ravaillac. « Le Théâtre de la jeunesse » ouvrait son rideau sur Hector Malot, Eugène Sue ou la comtesse de Ségur.

Nos vedettes s'invitaient en voisins. Elles avaient revêtu le pourpoint d'Aramis, la cape de Rocambole, les nippes de Ténardier, le frac du prince Rodolphe. Je me souviens de Jean Topart, de Pierre Vernier, de Michel de Ré et sa « Génoise aux cerises de Montmorency », de Raymond Souplex et Jean Daurand « Bon sang, mais c'est bien sûr », de Claude Nicot, de Philippe Nicaud — lequel zézayait « Au théâtre ce soir », lequel portait l'imper de l'inspecteur Leclerc ? Je me souviens d'Alice Sapritch, et de Maria Meriko dont le visage émacié, la voix grave et le regard d'aigle me fascinaient, de Madeleine Barbulé, de Jean Valmy, de Gabriel Jabbour, de Jean Le Poulain. Je me souviens d'Élisabeth Wiener pour qui j'en pinçais fort.

Je me souviens de *Belphégor* et des *Illusions perdues*, de Don Juan chevauchant vers la mort, je me souviens de Cyrano interprété par Daniel Sorano, ce qui m'amusait, de Voltaire défendant les Calas, des Cathares et des Perses.

Je me souviens de Marcel Bluwal, de Stellio Lorenzi, de Claude Barma et de Claude Santelli. Je me souviens qu'il mourut, sous le barnum d'un cirque et les pattes d'un éléphant pendant que l'orchestre répétait *La Flûte enchantée*.

Je me souviens de « Dim'dam'dom » et des images new-look, de Denise Glaser et « Discorama », de « Lectures pour tous » et de Pierre Dumayet. Je me souviens du petit train interlude, des directs où passait l'ombre du perchman, des ruptures d'antenne, de « La Vie des animaux » et de la voix de Claude Darget, d'Achille Zavatta. Je me souviens du Tournoi des cinq nations et de Roger Couderc. Après la purge de l'ORTF qui suivit Mai 68, je me souviens que nous coupions le son du récepteur pour l'écouter commenter les matchs sur Europe n° 1 où il avait trouvé asile.

Je me souviens d'avoir découvert qu'il existait des journalistes virés et des chanteurs blacklistés. Je me souviens d'avoir appris que la police nous parlait tous les soirs aux infos de 20 heures. Je ne me souviens plus quand le fric l'a remplacée. Mais je me souviens que j'aimais bien la télévision.

*

Rue Cartault, la Sécurité sociale a fermé boutique. Elle l'avait ouverte à la fin des années 1970. Un beau centre, tout neuf, au rez-de-chaussée d'une résidence à standing. Pour ses occupants, le social avait été dur à avaler. Le coller à leurs pieds, c'était pour ainsi dire les faire marcher dans la merde. Ils avaient pétitionné, râlé auprès du syndic, fait du barouf à la mairie. Puis ils s'étaient lassés. Nous, on avait emménagé, comme une gentille victoire. Il était bath le centre de Sécu. La pleine lumière du jour, des baies donnant sur un patio à verdure et, de l'autre côté, sur le square et le moulin de Puteaux.

À l'intérieur, du moderne. Plus de guichets, des boxes où les gens pouvaient dire leurs misères sans être entendus d'une salle bondée. Des vieilles à cabas, des OS de l'équipe du matin qui venaient toucher leur dû le boulot fini, des mères de famille, landau garni et môme braillard, des femmes enceintes, prioritaires et toutes rondes, fières de leur carnet de maternité, celles qui ne l'étaient plus et qui percevaient leur prime d'allaitement. On suivait tout ça, nous, dans nos boxes. L'état de la mère, celui du bébé, les bobos, les rhumes, les fistules. Les opérations, aussi, les bulletins d'hospitalisation sont causants et les gens aiment bien se confier. Un bide ouvert, c'est un événement. Et parler rassure. Ça tanguait, parfois, dans nos beaux locaux. Un remboursement refusé, c'est lourd quand on l'attend pour boucler la semaine. J'en ai vu valser des dossiers, et même des bureaux, dans nos petits boxes. La colère qui explose crie parfois la mistoufle. Il faut savoir. Ce sont des trucs qui s'apprennent sur le tas. La fibre, ça aide. La Sécu on y entre rarement par vocation mais quoi, quand on n'aime pas les gens, mieux vaut chercher ailleurs. À cette époque, on pouvait. Moi, la Sécu m'allait. Elle avait ses petits bonheurs. La mémé qui vous donne la crotte en chocolat qu'elle a dans sa poche, celle qui vient se réchauffer, voir du monde, ne demande rien, s'assoit, regarde, reste une heure ou deux, pique un roupillon et repart comme elle était venue, elle a fait société, elle est moins seule, elle aura quelque chose à raconter, le soir, en prenant son pain. L'invalide qui vous file une ordonnance chiffonnée, pas bien propre, on fait comme si et il est content. Celui qui ne parle pas français, quand on lui débrouille son cas, il est considéré. Il voit qu'il a des droits pareils aux autres et qu'on a pris le temps. On a même envoyé le chef sur les roses avec son chronomètre et sa fiche de rendement. Le clin d'œil en point final, c'est le courant qui passe.

Rue Cartault, la Sécu a mis les voiles. Au prix du sol et de la saine gestion, maintenir des centres devenait une charge. Organisation industrialisée, centralisation des services, bornes interactives, plates-formes téléphoniques. Tout le toutim. C'est pensé, je n'en disconviens pas. Mais la mémé, elle va les offrir à qui ses crottes en chocolat ?

*

« Interdit aux chiens non tenus en laisse et aux pensionnaires de la Maison départementale. » L'écriteau pendait aux grilles du jardin public, à Nanterre. Vingt ans, je rêvais d'être utile. Quand on est jeune on pense à des trucs... Au détour d'une formation, j'avais revêtu une blouse blanche. La traumato, les handicapés ou les vieux, c'était ce que je voulais, moi. Soulager un peu la souffrance où elle est bien vacharde. Nanterre, la maison départementale, personne ne se battait pour y aller. Je l'avais demandée. *Les vieux vont mourir à Nanterre*, titrait un bouquin. Un document sur l'hospice. On disait ça encore, l'hospice. Le mot dégage des relents de camisole, de pisse et de soupe froide. J'ai le nez fin, moi. C'est ça qui a été pénible au début.

Ce qu'on renifle d'emblée, à l'hospice, c'est le réfectoire. À n'importe quelle heure. Le bouillon et le pain mouillé. C'est après que le reste vous saisit. La misère et la décrépitude.

À Nanterre, on y expédiait les petits vieux sans ressources. On y flanquait les clodos aussi, ils avaient droit au dépôt de mendicité. Après la douche et l'épouillage on leur collait le droguet bleu usine, le béret et les savates. Schlaff, schlaff. Une fois enfilées, on est forcé de les traîner, les savates. Bien avachies. À l'heure des repas, leur bruit fait comme un ressac. Les pensionnaires qui déboulent en vagues ternes, schlaff, schlaff, on dirait une marée de fatigue qui monte. Ça chanstique, puis on prend ses marques. On repère des silhouettes, des gueules. C'est tout béquillou, boiteux, cachectique, catarrheux, mais on finit par les reconnaître. Ils ont été des hommes. Peut-être encore, si ça se trouve.

Le dimanche, ceux qui peuvent sortir vont aux assommoirs. Des tapis qui n'ont pas même le nom de bistrot. Quatre planches, un comptoir. Ni tables ni chaises. On y sert du rouge en gobette qui se torche au goulot. Quand ils ont bu leurs trois sous, les pensionnaires s'en reviennent. Ils clopinent, glanent des mégots. Les plus panouilleux attendront, affalés sur le trottoir, le car de la ramasse. Direction le « 45 », l'aile des cellules, on la nomme ainsi rapport à leur nombre.

Les fichés au sommier, on les boucle là, avant de les transférer. On comprend mieux les étuis à revolver sous les blouses des surveillants. Les murs pourraient vous en raconter, des histoires bien méchantes. De l'empoignade pour une portion de ragoût, du coup de lame pour un clope chouravé.

Pour rejoindre la traumato, je le traversais chaque jour, l'hospice. Je croyais remonter le temps. C'était du Dickens qui m'arrivait, du Gustave Doré. Un autre âge enkysté en banlieue.

Le premier jour, un kiné m'avait présenté le service au pas de course. Une enfilade de chambres, des lits et des vieux dedans. C'est long à rafistoler, les vieux. Une fracture les déglingue tout de suite. Alités, ils se mettent à compliquer. Artérite, escarres, fausses-routes. On leur pose des drains, des sondes, du goutte-à-goutte. Tuyaux ou pas, il faut les manipuler. C'est que ça raidit vite et, question muscles, ça fond de partout. Certains se pétrifient. Les articulations encalminées. Il faut y aller doux, récupérer au millimètre. C'est douloureux et un vieux, ça devient douillet. Le pire, c'est ceux qu'ont plus leur tête. Les furieux vous insupportent, les doux vous fendent l'âme. Avec ça, tout ce qu'il faut leur nettoyer pour qu'ils n'infectent pas et conservent un peu de ce qu'ils ont été. Une apparence, un regard, un ventre moins dur. Un bout de conversation possible quand ils ont moins peur.

Celle qui m'appelait sa petite fille, j'ai jamais pu m'y faire. « T'es venue me voir, elle disait, c'est gentil. » Elle portait des boucles d'oreilles du temps d'avant. Pendantes, mignardes comme des bijoux d'enfant. Elle avait dû se faire belle pour l'hosto.

Avec ça des yeux transparents, lavés comme un ciel. « T'es venue me voir, ma petite fille... » Pas une fois je l'ai aperçue, sa fille, jamais. Elle était loin ou elle s'en foutait ou elle était morte. « Oui mémé », j'avais fini par lui répondre. « Oui mémé. » Je lui peignais les cheveux, comme à une vieille poupée qu'intéresse plus personne. Je lui disais qu'elle valait cent sous de plus. Qu'elle était bien élégante avec ses boucles d'oreilles. Je sais pas si elle me comprenait tellement elle était loin à l'intérieur mais le son de ma voix lui faisait sûrement plaisir.

Quand je suis parti, j'ai évité de penser à elle. Quarante ans après, j'y pense toujours.

*

Novembre 2011, quartier Maurepas, les habitants de l'immeuble Balleroy voué à la démolition le transforment en musée éphémère. Cinq appartements symbolisent les époques traversées par la bâtisse et ses occupants successifs. En six jours d'ouverture, le musée accueille plus de mille visiteurs. Nostalgie ? Elle serait fantasmée. Les curieux qui se pressent dans les appartements-témoins sont nombreux à n'avoir jamais connu les années représentées. Ils le sont tout autant à ne pas rêver d'un retour en arrière. À l'encontre du « c'était mieux avant » qui procède de l'oubli, le musée éphémère du Balleroy restaure une mémoire. « Hommage aux tranches de vie, à l'empreinte laissée par les populations successives, à la richesse de leur apport », explique l'association Étincelle, à l'origine de l'initiative. Il est à Rennes, le Balleroy. Il pourrait être à Puteaux, Courbevoie ou Nanterre. L'âme des gens dort dans la pierre. Quelque part, aux coins des rues.

Je vous salis ma rue

Il y a les mots au marqueur sur le crépi, les cœurs au couteau dans le plâtre ou la pierre. Les marelles à la craie sur un ancien trottoir. Les slogans déteints sur la brique des usines. Ils murmurent d'infimes histoires. Ce sont des fragments de vie, des instants qu'on a voulu graver, des traces laissées, fragiles. Freddy aimait Karine, le FLN vaincra, non aux expulsions et nique les keufs.

Avenue de la République, Courbevoie, elle s'étale en lettres noires. Ce n'est pas un graphe. Pas davantage la marque d'une tribu. Le type l'a peinte à la va-vite. Le trait ne l'intéresse pas, il se moque de la forme. Il vise le mot, le mot seul. Épuré, gratté jusqu'à l'os. C'est un styliste de la phrase. Il a tourné la sienne des jours durant. Malaxée, triturée, déconstruite. Il l'a remise cent fois sur le métier. Il a griffonné, raturé, biffé, déchiré. Mille fois il a senti l'idée venir. Mille fois, elle a refusé de sortir. Il s'encourageait, il s'exhortait. Macache ! Il suait sang et eau sur la table de travail. Rien. Il n'en dormait plus de tout ce magma dans son tréfonds. Il carburait au mal partout et aux nuits sans sommeil. Au plus blanc de l'insomnie, comme pour le narguer, sa vache de phrase lui balançait une musique fuyante, lointaine, qu'il n'attrapait pas.

Il fallait pourtant qu'il le pousse, son cri. Trop de douleur dans ce foutu monde, et trop de résignation. Il avait placé un vieux Ferré dans son lecteur. Casque aux oreilles pour s'en imprégner, tout éponger, goutte à goutte. Le mot, le mot… *Words, words, words.* Il avait lancé « Le chien », d'abord, pour y aller crescendo, puis le traitement de choc : « Il n'y a plus rien. » Dix fois de suite.

Il avait vidé un samovar de thé fumé, bien noir. Un goudron. La délivrance est venue à l'aurore. La nuit traînait encore sur les trottoirs. Il en a respiré les parfums puis il s'est dirigé vers le mur. Gris, long, un beau mur. La bombe de peinture a cliqueté quand il l'a secouée et l'odeur de benzine a couvert celles de l'aube.

Voilà, il respire déjà mieux. Il recule pour juger de l'effet. Gagné. Il a sauvé quelque chose d'essentiel. C'est écrit sur le mur :

« Bourvil's not dead » !

*

« Vive les fesses des femmes » ! Celle-là sonne comme un pouêt-pouêt rue du Point-du-Jour. Son auteur est un marrant. Rigolade à tire-larigot. Danse du tapis et cotillons. Premier dans la farandole et la bonne blague à portée de main. Vive les fesses des femmes. Il a peint ça au sortir de l'atelier. Cent balles et j'y vais ! Ou peut-être une fois rentré son bus au dépôt, service terminé. Ou au retour d'une livraison, bahut garé, journée bouclée. C'était l'été, le soleil se régalait de bras nus et de robes légères. Dans le jour qui ne voulait pas finir, ses rayons insistaient, comme une invite. Une vanne un peu lourde de chaleur. Toujours est-il que :

— Cent balles et j'y vais !

— Tenu !

Avec ses cent balles, il a payé la tournée. Ils la boiront entre copains, au Brazza ou au Balto, en pouffant comme des apprentis en goguette. Sacré René ! Quand ils auront vidé leurs godets et leur sac à malice, ils lui taperont sur l'épaule une dernière fois et chacun regagnera son gîte. En retrouvant le sien, René sourira encore, comme un petit renvoi de joie. Puis il s'attablera dans la cuisine où personne ne l'attend.

*

Boulevard Saint-Denis, un signe de piste. Pour le suivre, il faut entrer dans la pharmacie. Depuis vingt ans Étienne Roumiargue y vend des racines de guimauve, de la farine de moutarde, du sirop pour la toux, des emplâtres gastriques, du phénylbutazone, du paracétamol, des anxiolytiques et des articles à usage intime. Étienne Roumiargue vit avec son temps. Il a su rajeunir l'officine paternelle pour en faire un espace où il fait bon choisir une crème solaire, un savon parfumé, un diffuseur d'huiles essentielles. Il n'a cependant jamais pu se résoudre à remiser le pèse-personne que son père avait acquis en 1960. Un Testut, haut de gamme, précis, increvable. Son design rococo n'a pas pris la patine qui le rendrait décoratif. Quant à son usage, la balance d'appartement l'a, depuis des lustres, réduit à néant. Si l'on excepte de rares enfants qui le confondent avec un vieux jeu mécanique, Étienne Roumiargue est le dernier à être monté dessus. Un soir de mélancolie filiale. Il en garde une langueur dont les jours d'hiver eux-mêmes, où les rhinopharyngites fleurissent pourtant comme roses de Noël, n'ont pu venir à bout. Un pèse-personne condamné à ne plus peser qui que ce soit peut peser lourd sur le cœur d'un homme.

Fourbi comme un tacot, le Testut rutile près du comptoir. En entrant, vous le voyez tout de suite.

— Il fonctionne comment ?

— Il suffit d'y monter.

— Je voulais dire, comment le faire fonctionner ? Il est encore à l'heure du franc.

— Sa précision, elle, n'a pas varié. Tenez, voici la pièce qui sert de jeton. J'en ai conservé un rouleau.

L'aiguille du cadran tourne comme celle des machines foraines sur lesquelles les costauds mesurent leur force. Vous n'avez jamais été très costaud.

— Alors ?

— Soixante-huit kilos.

— Ôtez-en trois de vêtements. Pour votre taille, c'est peu. Surveillez votre alimentation et, surtout, contrôlez votre poids de façon régulière. Toujours sur la même balance. Ce modèle est idéal. Professionnel, vous comprenez. Le tout-venant est sujet à erreurs. N'hésitez pas à revenir…

Sur la main du pharmacien, une tache de peinture achève de sécher. Dehors, l'inscription court sur le mur comme sur une ordonnance :

« Pesez-vous régulièrement. »

*

Quel son avait Diesel ? Lourd, bien sûr, de bielles, de culasse et de pistons. Un son cradingue, gras de cambouis et d'huile de vidange. Un son de garage et de moteur gonflé. Surrégime et gazole dopé. Bière et Maxiton. Des tatoués, tignasse huileuse, tee-shirt auréolé, embarquaient vers des riffs longue distance dans un bahut plus puissant qu'un char Patton. Et tout aussi capable d'abattre des lieues. Fender bricolées comme des pots d'échappement, basse saturée, trente-cinq tonnes de caisses claires et de cymbales… Je n'ai jamais entendu Diesel, mais d'Asnières à Clichy, de Gennevilliers à Saint-Ouen, son nom peint aux portes du périphérique m'a souvent fait voyager :

« Diesel, du rock pour les camions ».

*

C'est sous le pont de Neuilly qu'Early Bird vous apparaît pour la première fois. Ce n'est qu'un nom, à demi recouvert par les affiches d'une messagerie rose. Vous ne savez rien de lui. À la sonorité qu'il s'est choisie, vous le devinez poète urbain, soufflant sur le papier des vers vibrants comme la anche d'un saxophone. Association des mots et des images, l'oiseau du matin évoque un Charlie Parker japonisant. Changeant comme la rosée, il se métamorphose en un Dylan vaguement barbu, la voix transformée pour mieux perdre ses fans dans des autoportraits campagnards. L'Early Bird répond à l'« Early morning rain ». Vous avez toujours aimé ce standard. Il vous apporte des senteurs de parka, de feuilles et d'ermitage. Entre Bird et Zim*, ce piaf matinal a tout du clochard céleste.

La suite vous attend plus loin : « lisez la ballade d'Early Bird. » Le graffiti n'était qu'un slogan publicitaire. On vous commandait de lire. Comme dans ce film de Carpenter, la rue affichait l'ordre subliminal de consommer. Ce volatile n'était pas celui que vous croyiez. Oubliez-le.

Les jours suivants, ses apparitions se multiplient, suggérant une présence inquiétante avant de cesser tout aussi brusquement. L'oiseau a migré. Bon vent !

Il reviendra à tire-d'aile. À la fin d'un printemps. Le 8 juin 1993, il abat de cinq balles René Bousquet, ancien chef de la police de Vichy. Early Bird

* Surnom de Bob Dylan.

se nommait Christian Didier, chaotique, obsédé par la célébrité, auteur impubliable, une voix intérieure lui avait ordonné de tuer le vieux collabo dont le procès allait enfin s'ouvrir.

Personne n'a lu sa ballade. Bousquet a emporté ses secrets. Et la pluie a effacé la trace de l'oiseau du matin.

*

Sous la passerelle en construction, le chat rigole, énorme. Un greffier rose, tigré violet. Une gueule à croquer des rats par palettes entières. Dans le coin, ils ne doivent pas manquer. Les palettes, elles, y sont. Avec des gravats et des blocs de polystyrène plus imposants que les marches d'un temple aztèque.

Le chat rêve, les yeux grands ouverts et roublards. Il rêve aux buildings au-dessus de sa tête. Au temps des chats d'avant, on les appelait gratte-ciel. C'est sûrement ce qui l'amuse. Le ciel comme une planche à chat pour y faire ses griffes et rayer un coin de bleu. À moins que là haut, les puces piquent les nuages. S'y gratter doit être divin. Le chat se fend la poire, un sourire de dessin animé où se reflète le vert du parc André-Malraux, plus loin, et son lac artificiel. C'est le matou d'Alice, version Disney, revu sous la Défense par des grapheurs. Il trône, gigantesque, sur un pan de maçonnerie aux allures de casemate laissé en plan par les bulldozers.

Ceux qui l'ont peint sont de sacrés loustics. Crème le Manouche, Fat Boris, Jo Lakoulure, à en croire les noms laissés près du greffier. Artistes de terrains vagues et des nuits de pleine lune. Ils ont repéré le coin, pensé la perspective, choisi les bombes à peinture, tracé leur plan sur la comète et leur esquisse sur du papier. Peut-être avaient-ils apporté un de ces machines à musique où les basses cognent comme des gants sur un ring, la nuit l'endroit est désert. À moins que le travail n'ait requis le silence. La ronde d'un vigile, la lueur d'un gyrophare…

Sont-ils venus des Tours Nuages, cité Pablo-Picasso, à Nanterre ? Trente ans plus tôt, Émile Aillaud les a conçues à son idée : « désordre apparent, ordre caché ». Dix-huit tours cylindriques percées de fenêtres en gouttes d'eau, mille six cent huit logements, des chemins et des monticules pavés qui dessinent une femme aux bras ouverts : la cinquième des *Demoiselles d'Avignon* de Picasso. Il faut la voir d'avion pour se rendre compte. Ceux qui vivent là ne le savent pas. C'est l'ordre caché. Peut-être Aillaud aurait-il pu penser un truc visible de l'arrêt du bus. Le serpent, on ne le rate pas. Immense, il déroule ses anneaux de pierre dans une allée. C'est une référence à l'art antique. C'est fort. Le serpent s'en fout. On aperçoit son frère dans *La Haine*, le film de Kassovitz. Le ministre de l'Intérieur qui a classé la cité vingt-quatrième au palmarès de la criminalité aurait pu se payer un ticket de cinéma pour comprendre. Le désordre apparent, aujourd'hui on parle de le raser. La cité avec. En venaient-ils, les gars au chat ? Le leur va disparaître. Le chantier avance, les bulls se rapprochent. Ils le savent, les taggueurs. Ils ont peint l'éphémère. Leur greffier tombera en poussière comme un mandala des rues. La belle affaire. Fidèle à celui de Lewis Carroll, il reviendra. Sur un autre mur, dans un autre chantier ou une gare RER. Avec son sourire aux reflets de ciel et ses babines pourléchées devant l'ordre caché.

Au coin d'la rue là-bas

Jour des encombrants. Depuis le temps qu'on se l'était promis, on a flanqué les vieilleries à la rue. Du démantibulé, du périmé, du démodé, obsolète on dit sans trop savoir avant de jeter. Un regard sur le trottoir, c'est un pincement au cœur. Tout de même, ils ont bien dû faire plaisir les objets balancés. Ils ont servi, vous ont touché, quelquefois, quand on vous les a offerts avec un goût qui n'est pas le vôtre. On y avait mis une parcelle de soi et c'était tombé à côté. Pour ne pas gâcher le plaisir qu'on croyait vous faire, vous vous y étiez attaché au machin tartignole. Vous êtes pétri dans le tendre. Refourguer un cadeau sur la Toile vous collerait du vague à l'âme. Les jours d'encombrants, vous êtes cuit. Sortez, vous en ramasserez un ou deux comme on ramasse un chat perdu ou un cabot galeux.

Le mois dernier, vous avez adopté un ours. Un gros. Au coin d'un bois, il vous aurait fait décamper. Au coin de la rue, sur son derrière, la tête amochée où un œil lui manque, c'est une autre histoire. Elle vous conte l'amour dont on s'est lassé. Le chien attaché au bord de la route qui regarde sans piger filer l'auto des maîtres. Alors forcément, l'ours, vous êtes revenu le chercher. C'était un ours de mauvaise peluche, le son à fleur de poils. Pas très doux à caresser. Ni souple au toucher. Un ours de foire du Trône. Du gros lot pas cher. La roue de la loterie s'est arrêtée sur l'as de cœur et dans les yeux d'une mouflette, c'était du si grand bonheur... L'ours, elle avait filé avec en trébuchant tant il était maousse et qu'elle avait peur qu'on lui reprenne. Elle a grandi. Dans sa chambre, l'ours prend de la place. Voilà comment un matin, sur le trottoir... Quelqu'un le prendra, elle a pensé, parce que, tout de même, si on ne s'octroyait pas un peu de bonne conscience... Le quelqu'un, c'est vous. Vous avez installé nounours à la cave, un coin dégagé tout exprès. Il est au chaud. Une couvrante le protège de la poussière. Vous lui tapez la bise quand vous descendez, vous sollicitez son avis avant de choisir une bouteille. Vous vous demandez même s'il ne vous en siffle pas une de temps en temps. Brézème, Janières... C'est un ours fine gueule. Il affectionne le bouquet d'un cépage discret. Le goût de pierraille fait ses délices. Il partage vos penchants. Vos voyages à la cave deviennent fréquents. Vous vous y attardez. Vous en remontez l'haleine embaumée. On vous questionne. Vous éludez, sourire béat. Votre teint a fleuri, l'ours a la dalle en pente. Les savants sont des idiots qui le prétendent asocial. Le vôtre est convivial, joyeux compagnon. Un cas d'espèce ? Votre cave cache un cas. À prononcer, la phrase est difficile. Elle vaut d'être arrosée. Vous filez à la cave. L'ours vous y attend, un verre en main. La nuit sera étoilée. À la santé des encombrants !

*

Désossé sur son trottoir, le téléviseur ressemble à une antiquaille remontée des hauts-fonds. Au mitan des années 1950, il trônait dans le salon familial. Le pays en comptait à peine cinq cent mille. Il est de marque Grandin. Le fabricant qui lui a donné son nom est un petit industriel à l'esprit d'entreprise. Pas chien sur la postérité, il offre en prime à la France d'après-guerre un des fleurons de la vague yé-yé qui s'apprête à déferler. Jean-François Grandin, dit Frank Alamo. C'est dans un appareil du père que je verrai Grandin fils chanter son béguin pour une standardiste des PTT dont la voix l'avait ému (avant la généralisation de la liaison automatique, obtenir son correspondant « au bout du fil » nécessitait d'en faire la demande à l'opératrice). Premier et sage essai de drague téléphonique, « Allô… mademoiselle, Maillot 38-37 » est à des années-lumière des rencontres dématérialisées mais le mouvement s'amorce avec ceux des technologies et de l'économie. Prémices de la société de services, le secteur tertiaire s'industrialise. Bien avant les call-centers, l'administration des Postes, Téléphones et Télécommunications a déployé des pools de petites mains pour aiguiller les usagers à coups de fiches, de câbles et de tableaux électriques.

Le monde du travail l'ignore mais il vient de changer. Des milliers de Mademoiselle Maillot 38-37 s'y sont engouffrées. Bras dessus bras dessous, cheveux crêpés et bas nylon, leurs copines les rejoignent en masse : les dactylos (rock), chantées dans le Grandin familial par un autre enfant des Trente Glorieuses : Claude Moine, dit Eddy Mitchell. Il porte les chaussettes noires qu'un des premiers sponsorings publicitaires lui a collées. Patience…

La standardiste de Frank Alamo pourra bientôt disposer d'un compte en banque sans l'aval de son père, travailler sans celui de son mari, prendre un contraceptif. L'heure approche. Déjà, le lourd bigo d'ébonite de Jean-François Grandin semble moins insignifiant. La demoiselle, elle, se prénommait Juliette.

*

Rue Barbès, un canapé. Pas vilain. Un gros convertible en Skaï vert bronze, ventru, les formes propices à l'engourdissement. Confortable, avec ce relâché accueillant qui appelle la mollesse. Le temps est à l'hiver, on a choisi un Maigret dans la bibliothèque, du chocolat à portée de main. On s'allongera pour lire. Le darjeeling infusera à l'heure du thé et le malt donnera au soir venu la senteur tourbée des bruyères. La journée sera langueur et angora, vieux jean et pull d'Irlande. Un peu de musique pour le quatre heures, les *Variations Goldberg*, les *Barricades* de Couperin, une ballade de Coltrane ou une chanson qu'on prendra tout le temps d'écouter. Brassens, Michèle Bernard, Isabelle Mayereau, Gérard Pierron… Des paroles à savourer dans la lenteur des choses…

Il serait bon à emporter, ce canapé. Mais se le coltiner est une autre paire de manches. Et où le mettre ? Au rayon mollesse, la maison est pourvue. Soyons raisonnable, il fera le bonheur de qui n'en a pas.

Quand même, on ressortira. Près du canapé, quelqu'un a déposé un lampadaire. Un long machin monté en graine qui penche comme un saule fatigué. Son abat-jour doit diriger la lumière juste où il faut après l'avoir bien tamisée. Un lampadaire vraiment pensé pour un canapé. Le camion des encombrants ne passe que demain, on peut encore se décider si on ne lambine pas. Les brocanteurs écument le coin quand il se change en vide-grenier.

On y retourne. Le mobilier s'est enrichi d'une table basse. Et pas un chat dans la rue. À part celui qui vous observe, en sphinx, sur le canapé. Ni une ni deux, on s'assoit. Le dossier est moelleux, les accoudoirs souples, le capiton possède la douceur ferme du rembourré vieilli sans s'avachir. Machinalement, on rapproche le lampadaire. La table n'est pas laide. Un coup de fil et l'ensemble est à nous. Voilà, on reviendra avec le voisin et sa voiture.

Il ne s'est pas fait prier. On le trouvait horripilant, il vaut mieux qu'un jugement hâtif.

Vous rappliquez juste à temps pour voir le canapé partir dans une camionnette. La table l'a précédé. Le chat, courroucé, a mis les bouts. Dans la rue déserte, ne vous reste qu'un lampadaire penché et un voisin sur les bras. Il va falloir tenir votre promesse d'un vieux malt avec ce type qui n'aime probablement ni Couperin ni Coltrane. On aurait dû se méfier, c'est le jour des encombrants.

*

Il est posé dans un renfoncement, une ancienne entrée d'usine quand il en existait à Courbevoie. On voit d'abord son caddie et l'amoncellement de sacs plastique. Lui, se tient en retrait. Assis dans l'encoignure, il n'attend rien. Il regarde sans voir. Les pas, les allers, les retours, les jambes et, dessus, les gens. Ils marchent, vont, viennent et parlent. Entre eux, entre gens qui marchent. Lui est assis. En retrait. Cela ne doit pas faire longtemps qu'il est assis. On l'aurait aperçu, ce matin. Non, cela ne doit pas faire longtemps. Du moins à la mesure du temps des gens qui marchent. Sur un macadam, c'est autre chose. Les heures tombées sur le trottoir perdent leur consistance. Ce sont des heures molles, comme les montres de Dalí. Cela fait donc longtemps qu'il est assis.

Il a choisi ce coin de rue parce qu'il n'en est pas un. On ne peut pas nommer ainsi l'intersection d'une rue et d'une entrée d'usine qui n'est plus une usine. Bien sûr, on y a travaillé jadis, et peut-être le souvenir... Mais tout autant, l'idée d'un non lieu... Ce qui n'est plus lui a paru convenir. Il voulait juste s'asseoir. Dans un endroit qui a perdu le nom d'endroit. Il est las. Fatigué de ne rien faire, on dit. Et c'est très exactement cela. Il ne sait plus quand il a décroché. Le temps mou se distend. Il y avait une femme mais, aussi bien, était-ce à cause de lui. À la cassure, le goût de tout s'en est allé. Lentement, comme le sang s'écoule goutte à goutte d'une veinule rompue. Lui est devenu exsangue. Verre vide. Mégot éteint, paletot oublié, si on veut. Ou autre chose, si on préfère. Mais chose, oui. C'est pour ça qu'il a choisi ce coin de rue qui n'en est pas un. Une vague ressemblance ou l'idée d'être à sa place.

Le lendemain, il y est encore. Et les jours suivants. En passant, vous le saluez d'un sourire. Le soir, vous y pensez avant de vous endormir, sa présence vous turlupine.

Ce matin, vous avez échangé deux mots. Banals, usés comme des frusques. Des mots de voisins qui se croisent. Dans la journée, vous en avez cherché qui pourraient bricoler une phrase. Elle en appellerait une autre et, de fil en aiguille, tisserait un bout de conversation. Mais, à votre retour, il pionçait. Affalé. Un sommeil lourd de trop de fatigue, plombé de courbatures. Votre phrase et vous êtes rentrés. Ce sera pour une autre fois.

Vous ne le reverrez plus. Le caddie restera quelques jours, les sacs plastique crèveront sur des débris de vie. La voirie nettoiera l'encoignure.

Lui, il aura disparu.

Plus tard, dans le journal, vous tomberez sur la liste des morts de la rue que publie chaque année le collectif qui les recense. Des noms, alignés, pour ne pas qu'ils se perdent. Le sien, vous n'aviez pas pensé à lui demander.

*

Dans la vitrine, la gamelle est de retour. Pimpante, colorée, vernie et toute moulée de design. À l'air du temps, elle a changé jusqu'à son nom : *lunch box.* L'ancien, elle l'a ravalé comme un renvoi gênant. Elle est belle et tendance. Rouge Ferrari, vert printemps, rose bonbon… Elle est conçue pour l'en-cas léger sur un coin de bureau, devant l'écran, ou dans la cuisine du plateau *open space.* À l'heure des cafétérias, devenue popote, elle se faisait oublier. Elle revient, au goût du jour, le déjeuner rapide pour créditer l'horaire variable ou faire du lèche-vitrine, les calories à surveiller… Sous ses couleurs acidulées, elle joue les petits symboles. À sa façon, elle dit le marché du travail, le maquis de la sous-traitance qui fait l'entreprise en réseau. Les PME dispersées, reliées au donneur d'ordres par des tuyaux câblés, de la fibre optique et du flux tendu, trop petites pour la cantine et ce qui l'accompagne. Salariat en deux temps et trois mouvements.

La grosse cantoche, c'était souvent du progrès social. Il en avait fallu des pressions et des palabres pour en décrocher une. Des heures à plancher sur les arguments et l'économie de la chose. De la salive pour plaider la cause et de l'obstination pour y arriver. Le restau d'entreprise, avec ses airs pépères et ses plats lourdingues, était une petite conquête. Du repas moins cher, de l'hygiène, du meilleur confort et du lien. De la qualité de vie, pour ainsi dire. Ça s'est un peu perdu dans les mémoires. Il faudrait regarder dans le rétroviseur, les livres ou l'histoire des anciens.

Les temps changent, les nouveaux goûts ont du bon. Elle est chouette et pratique la *lunch box* quand on l'a choisie pour un coup de liberté à l'heure du midi, et bien approvisionnée en tickets-repas. Quand on la sort faute de mieux, c'est une autre histoire.

À la contempler, dans sa vitrine, on songe à la boîte à fricot des vestiaires ouvriers et on se rappelle que les buildings vitrés ne poussent pas tout seuls. Il en faut des gamelles à chantier pour les sortir de terre. Bleues, noires, marron, couleurs des cottes et des salissures. C'est du lourd qu'elles mitonnent, du roboratif. Les types qui y plantent leur fourchette s'appellent Joachim, Djedea, Mohamed, Jean, Orhane, Sébastien ou Angelo. Jusqu'à deux mille pour une seule tour, issus de vingt pays. La *lunch box*, avec ses mignardises, on aimerait qu'elle s'en souvienne. Qu'elle n'oublie pas d'où elle vient.

*

Courbevoie, passage du Pourquoi-Pas, un Solex. Garé près d'un scooter au profil Goldorak. C'est un 3 800, pareil à celui qu'on enfourchait au lycée. On garde aux oreilles le bruit de son moteur sans ralenti qui obligeait à tenir les freins serrés comme des mâchoires à chaque feu rouge. Et dans les jarrets, les tours de pédales indispensables aux côtes qui n'en finissaient pas. « La bicyclette qui roule toute seule » vantée par la réclame avait parfois besoin d'être aidée. Avec son réservoir rond comme une boîte de lait couché sur le garde-boue et sa sonnette de vélo, on se prend à penser qu'elle est revenue à l'écurie à la façon des vieux chevaux. C'est à deux pas, boulevard de Verdun qu'elle en était sortie. L'usine au cœur de la ville, un petit cœur bleu des cottes de travail et de l'encre des bureaux d'études. Trente Glorieuses, l'autocuiseur, le transistor, la Boldoflorine et le VéloSolex. C'est celui de Gaston Lagaffe, duffle-coat et jean à revers, celui de Pierre Étaix, de Tati et de Monsieur Hulot. Invraisemblable et tarabiscoté, petit frère à deux roues de la 2-CV. Technologie primaire et moteur à deux temps. Un de moins que la valse, il ne saura jamais danser. C'est l'engin malcommode des maladroits qui ratent leurs démarrages et leurs déclarations d'amour. Il a le souffle court, ne gonfle pas ses mécaniques et prendra toujours une longueur dans la vue. Il ne s'en aperçoit pas, il regarde ailleurs, tend le bras pour tourner mais oublie de le faire.

Il possède le charme naïf de ces BD bricolées par des rêveurs marrants qui seront toujours perdus dans leur carcasse d'adulte. Il est pataphysique et OuLiPo, Meccano et zeugma. Cachet d'Aspro contre l'ultra-vitesse et le temps compressé. C'est un bidule. Une bécane pour coins des rues. Posé sur sa béquille, il a l'air d'y rêver. Elles ne demandent que ça.

*

Vide-grenier, rue de Bezons, Courbevoie. Il traînait entre deux montres oignon et une collection de *Cinémonde. Liberté*, le journal fondé par Louis Lecoin pour décrocher un statut aux objecteurs de conscience. Le numéro date de décembre 1961, il annonce l'interdiction d'un gala de soutien qui devait réunir Mouloudji, Jean Yanne, Anne-Marie Carrière, la chansonnière rigolote, et Émile Carrara, l'accordéoniste compositeur de « Mon amant de Saint-Jean »... Le préfet de police qui a prononcé l'interdiction s'appelait Maurice Papon. La veille, Tixier-Vignancour, grande gueule du barreau et de l'extrême droite, avait clamé qu'autoriser un tel gala conduirait à ouvrir un « bal des fellaghas à la mairie de Saint-Denis ». Trois pages plus loin, le canard publiait les vers de mirliton d'un père à son fils Michel, déserteur de la guerre d'Algérie. À force de traîner dans les salles obscures pour fuir la police, le troufion en rupture de ban deviendrait critique de cinéma. Son père, Pierre Boujut, animait une revue poétique, *La Tour de Feu.* Mais c'est une autre histoire.

L'humeur toute parfumée de mes trouvailles, j'ai emporté Lecoin, Mouloudji et les Boujut sans savoir que le journal aux odeurs de salpêtre abritait un clandestin. Il en est sorti hirsute, et tout engourdi, comme un génie de sa lampe après une longue ronflette. Son histoire tenait dans un filet :

« Le gitan Paul Karl qui commença son service militaire en 1950 ne l'a pas encore achevé 11 ans plus tard. Il a, entre-temps, déserté 17 fois. Le tribunal des forces armées de la 6e région l'a condamné à 10 mois de prison en recommandant une comparution devant la commission de réforme après qu'il aura purgé sa peine. Les juges commencent à être las d'avoir à le condamner chaque année à des peines de plus en plus lourdes de détention. Paul Karl a semblé atterré. “Un déserteur comme moi, a-t-il déclaré, je croyais que ça ne pouvait plus intéresser l'armée”. »

J'ai refermé *Liberté* et l'enfance m'a emporté sur ses chevaux de bois. 1961, j'ai huit ans, éperdument amoureux de Jo, la petite manouche du *Club des cinq et les gitans,* je passe l'été entre les caravanes posées sur la minuscule friche communale de Rosny-sur-Seine (Seine-et-Oise). Les roulottes sont des rafiots aux senteurs de cordages et d'osier. Moi qui préférerais mourir plutôt que d'aborder un autre enfant, je m'arrime à ceux du voyage. Leurs visages se sont effacés, estompé le souvenir de leurs jeux. Mais Paul Karl, l'éternel déserteur, me rapporte une image, comme le fragment d'un film retrouvé : le soir, j'accompagne les femmes à la corvée d'eau. Leurs sourires sont des soleils. Leurs jupes qui battent la poussière font danser les coquelicots du chemin.

La mémoire raccommode les souvenirs. Un drôle d'oiseau vient de rapiécer les miens. C'est un héros de Tony Gatlif. Ou le vagabond de Charles Trenet. Il chante sur les chemins, couche sur la mousse des bois. Aucun gendarme ne pourra l'encager. Il est violoneux à ses heures, des doigts de vent sur les cordes. C'est lui dont le nom manque à la pochette de *Manouche partie*, l'album de Jo Privat et ses potes gitans : Matelot Ferret, Jacques Montagne, Jean Tordo, Mac Kak Reilhes, René Motta… Et pour cause, il était en cavale au pressage du disque. Voilà, Paul Karl prend vie. Je l'ai rencontré, à Rosny, il y a cinquante ans, caché dans une verdine. Au coin des rues naissent les personnages.

De l'autre côté de la rue

« C'est la rue qui m'a dressée, la rue qui m'a faite telle que je suis, la rue qui m'a appris à chanter. En passant devant les bistrots, les phonographes à manchons m'envoyaient de leurs voix nasillardes les refrains à la mode. Je m'arrêtais net et je restais parfois sous une pluie glaciale, mes petites jupes soulevées par la bourrasque, en extase pendant des heures. » C'est dans un bistrot de Courbevoie que Fréhel pousse sa première goualante. Elle a cinq ans, des cannes de serin, des quinquets comme des soucoupes et le nez collé à la vitre embuée. À l'intérieur, la vie est chaude, palpitante. Elle s'y glisse comme dans l'étable, à Primel, avant que sa mère monte à Paris faire la bonne.

La salle enfumée sue des odeurs fortes. Le tabac, le graillon, l'alcool, les corps. Les vapeurs ont des couleurs. Vin violine, liqueur verte, tabac gris. Le bleu des hommes, le blanc des corsages. Le rouge des peaux et le noir du poêle aux tisons flamboyants. La sciure, jaune, sur le sol.

Elle liche un fond de verre, grimpe sur une table. Du haut de ses trois pommes, elle toise les poissardes, les mâles à poignets de force. Sur la lande, elle défiait le vent et c'est tout de même autre chose. Campée, bravache, mains aux hanches, son aplomb leur cloue le bec. La môme debout, sa voix qui lui sort d'on ne sait où. Cinq ans, la tripe n'est pas faite à cet âge. « C'est d'la prison que je t'écris, mon pauvre Polyte... » Dans les volutes d'oxyde et de scaferlati, elle s'époumone. Les veines toutes gonflées et mauves dans son cou translucide. Elle piaille comme on griffe. Cinq ans, pas toutes ses dents et trois pommes de haut. Ses mines les amusent quand elle entonne ses couplets trop grands pour elle. Puis autre chose s'y met, comme un nuage qui viendrait crever sur la saleté du monde. « Si tu t'faisais coffrer un soir dans une bagarre, y'a plus personne qui viendrait m'voir, à Saint-Lazare... » Morveuse, crasseuse, elle chante les rengaines de Bruant et a l'air d'en sortir.

Elle les tient, sans qu'ils sachent si elle leur fait du bien ou les tue de tout ce qu'elle dégage. Elle est si petite. À cinq piges, la rue vous dessale. Le logis où on s'entasse, les communs, les pavés et les terrains vagues. Les mégots ramassés, la chourave et des ratiches tombées que la souris ne viendra pas chercher. Les palissades et les mauvais plans. Aujourd'hui, elle n'en ferait pas d'autres, question de survie. « Mon père n'était jamais à la maison. Quant à maman, je n'ai pas à la juger. Tout ce que je sais, c'est que j'attendais qu'il pleuve pour me frotter la figure avec la pluie et que je me lavais les pieds dans les ruisseaux. » Le sépia lui donne des tons vieux temps, la nostalgie la met sous globe pour l'encager mais Fréhel est de toute éternité. Comme la faim au ventre. C'est la frangine de Gavroche, celle du Kid à Charlot. Grandie comme elle a pu, montée en mauvaise graine. Elle est de la bande, celle du boulevard Richard-Lenoir ou de la cité Zilina. Hier canaille, « tourbe de nomades » qu'Haussmann et Thiers voulaient disperser. Aujourd'hui racaille promise au karcher. « C'est les p'tits des grandes villes, les p'tits au cul mal lavé, contingent des guerres civiles, qui poussent entre les pavés. » Bruant les chantait. Fréhel en est. D'Aristide à JoeyStarr, en passant par les punks de Boucherie Productions qui lui rendront hommage, le fil est tendu. Comme un élastique. Gare ! C'est celui du lance-pierre.

*

L'avenue de la République est bordée de rues à chats. Il s'en promène, le soir, indifférents à la circulation, la démarche chaloupée, roulant leurs petites mécaniques bien huilées. L'allure fauves de trottoir mais le ronron facile quand ils vous font un brin de conduite. Certains sont de lignée littéraire, grimper dans leur arbre à ancêtres mène au jardin des Léautaud. C'est en 1882 que la famille — on ne disait pas recomposée — emménage à Courbevoie. Le père, Firmin, faune vigoureux et souffleur au théâtre, a laissé Jeanne, la jolie mère de Paul, pour les charmes adolescents de sa nouvelle conquête. Jeanne, vite consolée, s'évapore comme un courant d'air parfumé. Délaissé, le petit Paul a d'autres chats à fouetter que ceux qu'il recueillera plus tard à tous les coins des rues. « Mon amour des bêtes a grandi avec ma misanthropie », confiera-t-il dans son *Journal littéraire.* En son jeune temps, il est du reste plutôt chiens. Son père en a quinze, moins que de maîtresses et de bonnes fortunes. C'est avec eux, dans une caisse accrochée sous la carriole de déménagement, que Firmin colle son fils pour le voyage. Paul et les clébards, sans un arrêt pipi.

« Courbevoie. Joli pays si on connaît ? À cette époque, un dépotoir l'ornait dont la disparition a laissé depuis les habitants tout mal à l'aise », écrit Paul Léautaud. Il a la dent vieille, alors, et jaune du tabac qu'il fume roulé en cigarettes, mais toujours assez dure pour pincer par en dessous. Ébréchée, pointue comme celle d'une souris, et c'en est une, Léautaud, avec le poil gris de ses deux vestons endossés l'un sur l'autre et sa voix flûtée qui lâche ses « ouiiii » comme des glapissements. C'est ce qui lui plaît, au fond, être souris et ramasser les chats errants, en pied de nez à l'ordre des choses. Vieux Noé dans son arche, bien ravi du grand déluge qui viendrait noyer le monde et ses humains.

Avenue de la République, au numéro trois, le pavillon paternel n'existe plus. Démoli depuis belle lurette. C'est justice. Un coup de griffe mérité.

Léautaud s'en foutrait. Sa rage tenue en laisse a produit son effet, écartant la terre entière, les sentiments et les regrets de ne pas leur ouvrir quand ils frappent à la porte. Elle sent l'aigre, parfois, et la pisse de ses chats. Elle donne envie d'ouvrir la fenêtre. C'est son plaisir tartiné de fiel. Ou sa vengeance, allez savoir. De ses années à Courbevoie, Léautaud retient le dépotoir, les nuits passées bouclé à double tour tandis que son père court le cotillon, et un déniaisage par sa très jeune belle-mère. Des souvenirs foie de morue et vase de nuit. Des souvenirs froids de petite agonie, aussi. Celle de Firmin, qu'il contemple les yeux sur ce qui l'attend.

« Ma très chère tante, écrivait Paul peu après son arrivée avenue de la République, je vous demanderai de m'envoyer le nom et l'adresse de ma mère. » De Courbevoie, il lui reste du lourd sur le cœur, qu'il cache entre les lignes.

*

Sur la pochette du CD, un accordéoniste à nœud papillon, le sourire figé, les cheveux gominés, ordonnés le long d'une raie bien droite. Ses mains sont posées à plat sur son biniou à demi ouvert, un Crosio. Les as du musette, le nom de la collection et la police des caractères évoquent les affiches d'avant guerre, l'enseigne d'un ciné-palace ou d'un hôtel meublé. Le musicien a l'allure sage d'un lauréat des trophées de l'accordéon. Ne vous y fiez pas. Quand il posera les doigts sur ses touches, il vous laissera sur le cul. Son nom est imprimé à droite de l'image : Gus Viseur.

C'est dans les rues de Puteaux qu'il a fait ses gammes. Sur un petit Hohner, l'instrument des mariniers. Celui qu'utilise Michel Simon dans *L'Atalante*, le film de Jean Vigo. Et peut-être, remontant le fleuve vers le port de Gennevilliers, la péniche a-t-elle longé Puteaux. La famille du petit Gus y logeait près d'une guinguette. Sur les quais ou dans l'île posée sur la Seine comme un avant-poste ouvrier défiant Neuilly. Une redoute prolétaire à chiendent et feuilles vertes qui font des charmilles aux beaux jours. Redoute, *ridotto* en Italie où elle désigne un bal public. Les mots se baladent comme le musette, musique mélange des migrants transalpins et de ceux de l'intérieur, les Auvergnats, montés à Paris faire du bois et du charbon. Entre les usines de Puteaux et les jardins de Bagatelle, on a guinché tandis que passaient les chalands. Tant pis pour la légende, les parents de Gus n'étaient pas mariniers. M. Viseur était mouleur de pierre, Alida, sa femme, ménagère. Mais, tout de même, ils venaient du plat pays des canaux. Là où le ciel fait l'humilité, chantait Brel.

C'est sur le marché de Puteaux et dans les cafés dansants que le petit Gus se fait les doigts. C'est au conservatoire de Courbevoie qu'un prof de musique le repère. Son toucher est plus vif qu'un colibri. Il a les oreilles aux aguets, de l'or dans les mains et des fourmis dans les jambes. Le nez au vent de la rue, il respire l'odeur des bars, des petits matins, des verdines sur les talus. Ça le démange d'emporter tout ça en brassées de notes chipées comme des fleurs sauvages. Il cherche, dans sa tête et son clavier. Sur l'estrade des baloches, il désoriente. D'où sort-il, celui-là ? Et qu'est-ce qu'il nous joue ? « On était des canards boiteux, d'éternels chômeurs, raconte son copain Charley Bazin. On nous prenait quand il n'y avait personne d'autre. Au Petit Jardin, où il y avait Django et tous les gitans, on pouvait jouer ce qu'on voulait. » Ça y est, Gus a trouvé. Il a vingt piges, son piano à bretelles se mêle aux cordes des Ferret et de Django Reinhardt. Il en lime les lames pour ôter le vibrato. Il fonce, swing et hot club. « Un grand mec dégingandé avec un large bitos sur la tête, entouré de gitans, se souvient Jo Privat… Ferrero l'appelait le Tricheur à cause de ses doigtés décousus, très difficiles à faire. » Avec Privat, Bazin et Tony Murena, Gus invente un genre nouveau. Mélange, encore. Le musette était musique métèque, une bâtarde des coins de rue, ils la parent de nuages en guenilles. Ils vont ramer, Gus en tête. Bouffer de la vache enragée, et leur chapeau aussi, quand ils rejoueront les « Perles de cristal » pour boucler les fins de mois, l'accordéon ringardisé. Mais au mitan, ils auront eu des nuits de prince, fait des bœufs et les quatre cents coups, touché les étoiles et la note bleue.

Il a l'air bien sage, Gus Viseur, sur la pochette du CD. Le dessinateur ne s'y est pas trompé : Robert Crumb, lui-même. Rescapé de l'Amérique *under-*

ground, auteur de pochettes pour Janis Joplin, croqueur de portraits des *blues men* du Delta et grand chineur de 78 tours aux puces de Saint-Ouen.

Viseur, le jazz et la java.

*

« En casquette à galons dorés / En capotes à boutons dorés / Tout au long des jeudis sans fin / Voyez passer les orphelins », chantait le Jean-Jacques Debout d'avant Bécassine. Crâne rasé, galoches aux pieds, le petit Meckert avait été un de ceux-là. Meckert Jean, dit John Amilanar, dit Jean Amila. Boulevard Aristide Briand, à Courbevoie. Il n'est pas encore l'auteur des *Coups*, de *L'Homme au marteau*, de *Nous sommes tous des assassins*, pas davantage celui de *Pitié pour les rats* ou d'*Au balcon d'Hiroshima*. Il n'est pas encore le troufion débandé de la Marche au canon. Mais le canon n'est déjà pas son fort. Il a entendu cogner celui de la der des ders, vu les gares bleu horizon embarquer les pioupious au pantalon garance, la fleur au fusil. « À Berlin » ! peint en lettres blanches et toutes baveuses sur le gris des wagons. Les baisers sur le quai, le cœur gros dans la musette, mais quoi, on va les dégeler en trois semaines, les Boches, et on sera de retour avant le réveillon ! La Madelon, les gamelles-melles-melles, les gamelles et les bidons.

Il a vu revenir les plus vernis, poilus, pouilleux, estropiés, vieillis, leur belle jeunesse partie en digue-digue, noyée dans la bouillasse des tranchées qu'on ne sait même plus si c'est la flotte dégoulinant du ciel ou le jus des morts qui vous coule dans le dos à travers la capote. Trop-plein d'horreur comme un trop-plein de vinasse dans le quart en fer-blanc, un trop-plein de poux, de bestioles dans la toison, d'asticots dans les plaies. Un trop-plein de merde et de cafard. Son père a jeté l'éponge, et le fusil avec. Met les bouts, joli griveton. Auprès de ta blonde, il fait bon dormir.

La blonde, l'autre, la mère de Jean, abandonnée, prend le coup de bambou sur le crâne. Seule, désormais. Veuve en pire, pour ainsi dire. Pas digne du regard des vraies qui l'accable. Salie par celles qui n'ont perdu personne, à part un peu d'elles-mêmes sous des aigreurs qu'on ne soupçonnait pas. Femme de déserteur, et de la pire espèce, c'est salope et compagnie. Elle en tourne au sur, madame Meckert. Asile et camisole. L'orphelinat pour le petit Jean. À Courbevoie. Il en fera un roman, bien plus tard. *Le Boucher des Hurlus.* Un de ceux qu'on se transmet comme un secret. « Faut lire ça, on dit, c'est magnifique », parce que les seuls mots qu'il faudrait pour en parler sont dedans. Il fera bien d'autres choses, Meckert. L'atelier à l'âge des cours d'école, l'écriture comme une revanche, la résistance, le temps venu, puis l'oubli. À quoi bon… Et l'écriture, de nouveau. Noire comme le polar et la graisse à machine, « le mariage de Hammett et de Dabit, de Mac Coy et de Poulaille », écrit Jérôme Garcin. Et l'agression un soir, le coma, l'amnésie, le haut mal en cadeau et l'écriture qu'il réapprend, à s'en casser les doigts, comme jadis sur la tôle. Le corps bancal, mais debout, toujours. Puis le retrait, enfin, dans son trou à vieil ermite, Lorrez-le-Bocage-Préaux, Seine-et-Marne.

Ils ignorent tout ça, les collégiens qui fumaillent boulevard Briand. Depuis longtemps l'orphelinat a fait place au lycée. Mais on n'y apprend rien de Jean Meckert Amila.

Pliée dans un exemplaire du *Boucher*, une de ses lettres, papier jauni, quadrillé, petit format. Elles commençaient toujours par un « Cher ami de Courbevoie », comme un clin d'œil à sa jeunesse, à cet Amilanar qu'il était resté.

*

Kreienbühl. La première fois, j'ai cru à une onomatopée. C'était dans une BD de Pennac et Tardi. La débauche. Kreienbühl, un nom, au détour d'une case, parmi ceux du Douanier Rousseau, de Seurat, Bacon et Magritte. « Tout ce que la peinture a produit d'essentiel », pérorait une journaliste à couettes dans un téléviseur couvert de caméléons. J'ai flairé le gag, le patronyme inventé comme jadis Boronali, l'âne peintre de Dorgelès et Carco. Kreienbühl, je l'ai retrouvé dans une nouvelle de Didier Daeninckx. Cette fois, il était associé au nom d'une usine, vers Gennevilliers. La piste *private joke* se confirmait. Et puis, au détour d'une rue, l'affichette du Centre culturel suisse annonçant une rétrospective Kreienbühl. Le gag prenait de l'ampleur. L'humour helvétique valait le déplacement. Mais plus encore, l'affiche : les tours Aillaud, à Nanterre, vues du cimetière. À l'arrivée : la révélation. Kreienbühl n'avait rien d'un maraboutdficelle. Si Tardi, Pennac et Daeninckx se le repassaient au fil de leur plume, c'était en hommage. J'avais de l'ignorance à combler. Jürg Kreienbühl était un peintre authentique, débarqué de Bâle à bicyclette dans les années 1960 pour se fixer dans la banlieue. Colombes, Argenteuil, Nanterre, Puteaux, il n'avait cessé d'écumer mes coins de rue. J'avais dû le croiser, son chevalet posé à la Défense quand le parvis n'était pas sorti de terre, au pied des HLM et, plus tard, sous un échangeur à voitures ou dans un de ces passages pisseux, creusés au creux du béton. Il avait peint tout ça, Kreienbühl, au vinyle, souvent sur plaques d'Isorel. Et les décharges publiques, aussi, les étangs d'eau sales dans les fondrières avec les déjections bien huileuses des usines. Les arcs-en-ciel de pétrole pelliculés à la surface et les rats crevés dans le remblai des rives. La pure poésie du brut. Sur une palissade, au fond d'un chantier, d'un terrain vague ou d'une cabane en planches. Et les hommes, là-dedans, là-dessous, ceux qu'on ne voit pas à force de ne jamais les regarder. Balayeurs, éboueurs, squatters des immeubles promis à la démolition, immigrés, dans des logis précaires, vieilles femmes oubliées, clodos… Bidonvilles. Kreienbühl y a vécu, des années durant, à Bezons, de l'autre côté de la Seine. Sur fond de relégation, de mal-logement et d'hiver 54, ils poussaient comme des moisissures sur une décharge. « J'avais mis sur cales la carcasse d'un autobus sans roues, dans la cour à Momo, la cour des miracles. Juste à côté, nichait une vieille Polonaise affreuse avec son énorme fille. Après l'usine, elle faisait des suppléments dans les champs voisins ou dans sa roulotte… Il y avait Zizi, qui à vingt-deux ans ne désespérait pas d'avoir ses règles, et Cancan le Gitan qui se cognait la tête tous les matins, en se levant, dans le plafond trop bas de sa voiture. L'hiver, c'était la boue, le froid pénétrant par le plancher. L'été, la chaleur insoutenable concentrée par les tôles des carcasses, les mouches et la poussière. Vendredi soir, après la paye, commençaient les bagarres et les cris. »

Au milieu de tout ça, Kreienbühl peint. Il peint *Ali le chômeur, Ammrioui le balayeur.* Il peint Maurice, l'infirme, et son pote Boulon, un couvercle de gamelle sur la tête. Dédé et Lolotte, Carmen, ancienne danseuse, déjetée, bada rose et seins de guenon. Il peint Gueule-de-vin dans son sommeil d'ivrogne, Boula sorti de prison. Il peint des solitaires endormis, la tête sur la table parmi les restes de nourriture et les bouteilles vides, les mendiants, les Roms, les ferrailleurs, les vieux de Nanterre, les clochards au soleil du matin… « Chanter Bezons, disait Céline, voici l'épreuve. Le génie généreux. Attraper le plus rebutant, le plus méprisé, le plus rêche et nous le rendre aimable, attachant, grandiose. »

En haut de ma rue, les dernières bicoques à être tombées sont là, sur une de ses toiles. Fenêtres déglinguées, vitres brisées, boutanches sur le sol abandonnées par quelque occupant nocturne. Sur le parquet délabré, une poupée manchote et un ours en peluche éventré. Ils dorment, désormais, compressés sous le bitume de l'avenue. Le reste de la rue en a réchappé qui descend doucement la colline de Puteaux. Kreienbühl, lui, s'en est allé.

Pourtant, aussi vrai qu'on ne meurt jamais, je l'ai retrouvé au hasard d'une trouée de ronces et d'une maison fantôme. C'était, une fois encore, dans un récit de Didier Daeninckx, *L'affranchie du périphérique.* Il était revenu boucler la boucle. Les retours se fêtent. J'ai ouvert une bouteille. Sur mon bureau, une photo. Kreienbühl à son chevalet, dans un vague terrain, casquette de marin, tee-shirt flottant sur son gros ventre, la clope au bec. Il peint la tour Fiat et la statue de la Défense. « Je ne suis toujours pas dans le coup… Je n'ai toujours rien compris… Je n'ai pas de nom, que le silence me protège. » À la tienne, Jürg.

*

C'est embêtant, je viens encore de croiser Céline. Je m'arrange pourtant pour l'éviter. Rien à faire, je tombe dessus à chaque coin de rue. Du moins, au coin des siennes. Le problème est qu'elles sont aussi les miennes. « Pour parler franc, là, entre nous, je finis encore plus mal que j'ai commencé… Oh !

J'ai pas très bien commencé... je suis né, je le répète, à Courbevoie, Seine... je le répète pour la millième fois... » Voilà ce qui m'est venu en tête, rue du Château-du-Loir. D'un château l'autre, en somme ! Avec la musique des mots, bien travaillée, jusqu'à paraître évidente, comme une partition qui se jouerait toute seule.

Tout de même, on sort de chez soi, on ne demande rien, si ce n'est un peu de paix, et voilà, il rapplique. Sa voix nous harponne comme ces accents qu'on attrape malgré soi. On devrait se méfier pourtant. Avec ça, ses lainages clodos, ses gilets mités, son pantalon mal ficelé, son cache-col à sueur et à fumigations, ses chaussons aux couleurs de pas propre... Il le tient, son costume de scène. Il s'y vautre et s'admire de son œil chassieux qu'il n'essuiera pas. Ses cheveux négligés pour bien montrer que seule l'écriture, n'est-ce pas. L'écriture... Le reste, monsieur... Oh, le reste, je ne sais pas, moi, j'ai déjà trop parlé... Voilà, on l'imite et on est bien mauvais. On lui en veut pour ça, mais surtout pour le pire. Ce pire devrait nous le faire honnir, l'envoyer dinguer à coups de pied, au lieu de quoi, quand il ne rapplique pas, on s'empresse d'aller le chercher. Dans un bouquin, un DVD, un dessin, un théâtre. On s'est bien fait piéger, il nous a eus, on en redemande, en manque, parfois. Ça aussi met en rage.

C'est de la rampe du pont, qu'elle vient cette voix. Il y est né, Céline. Courbevoie est à tout le monde, on y a vu le jour, nous aussi. Rue de la Montagne.

À l'endroit même où, six ans plus tôt, Albert Paraz crachait ses poumons. « Je suis maintenant à la clinique la Colline, à Courbevoie. C'est dirigé par des protestants. Merde ! », écrit-il. Au verso du *Gala des vaches*, on les voit tous les deux, en photo. Céline, avec son air victime et le mépris dans l'œil, Paraz, rigolard. Sûrement, il avait dû dire une saloperie, Ferdine. L'autre se marre pour bien montrer qu'il est dans le secret du dieu. Il s'est un peu trompé, Paraz, sa clinique de la Colline se nomme la Montagne. Il faut du souffle pour les sommets. Il n'empêche, à ma naissance j'ai respiré son air. Peut-être un bacille y était-il resté. Ou plus tard sur un banc de l'école, à Puteaux où Céline, encore… Une malédiction. « J'ai été élevé à Puteaux. Sentier des Bergères ! En nourrice. On y dominait tout Paris. Ce sont mes premiers souvenirs de morveux. »

J'ai tout fait pour l'éviter, Céline. Trente-cinq ans, j'ai tenu avant de le lire. Je n'en voulais pas, moi, du grand prosateur. Une détestation de l'homme avec un si petit « h ». Et puis, un ami qui avait tout pour le haïr… J'ai cédé. Comme on se résigne aux bains de mer sans l'envie d'y aller. Un pied d'abord, l'autre ensuite. Et la vague déferle. Saleté ! On est roulé sur les galets, charrié, meurtri, noyé.

« Sans Céline, auriez-vous écrit de la même façon ? », me demandait un lecteur. Il est là le piège. Non : c'est la majuscule qu'on lui colle, au maudit, l'aveu qu'il a tout chanstiqué, la référence, la révérence… Oui, c'est la prétention quand nos petites histoires ne valent même pas le début de la question. « Oui », j'ai dit. Le type a paru déçu. J'étais bien ingrat ou très fat. Mais quoi, le Ferdine, il ne l'a pas sorti des limbes, son style. Il l'a bossé, et dur. Là-dessus il est admirable. Il a lu aussi — c'est une part du travail — d'autres avant lui ou à côté. Écrivez-moi, je donnerai les noms. Ah, les lettres ! Quand j'en ai mon soûl du Céline, quand je veux le déhotter de mes coins de rue, j'en relis une. Elle me suffit. Mars 1941, elle est adressée, avec sommation d'huissier, au journal *Aujourd'hui* où Robert Desnos avait jugé *Les beaux draps* d'un « ennui total ».

« Monsieur Desnos mène, il me semble, campagne philoyoutre inlassablement. Que ne publie-t-il pas sa photo face et profil à la fin de ses articles ? La nature signe toutes ses œuvres. ».

Le plus moche là-dedans n'est pas la bave. C'est le détour par l'huissier. La haine peut flamboyer, le papier timbré ne fait que de jaunir.

Après la guerre, Céline a bien souffert, il l'a seriné. L'acharnement, n'est-ce pas, la persécution… Desnos, c'est à Terezin qu'il a fini.

L'homme est lourd, disait Céline. Il est bas aussi, sous sa plume.

*

Les pierres n'ont rien gardé de René Pichon. Elle était pourtant roman-feuilleton, sa vie. Cinématographe, chanson des rues, mélodrame pour le boulevard du Crime. René Pichon. Anarchiste, faux-monnayeur, planteur de rêve sur l'Amazone. Et pour commencer, garçon épicier à Puteaux. Comme André Soudy, le gamin tuberculeux devenu l'homme à la carabine de la bande à Bonnot. Et peut-être Pichon l'a-t-il hébergé, avec ses idées noires comme le pain partagé. Suivent-ils Soudy, les flics qui débarquent à l'aube, dans son garni, avec leurs croquenots cloutés et leurs poings bien lourds ? La pioche est mauvaise mais elle sent le roussi. Pichon décanille avec femme et enfant. À la cloche de bois, comme il se doit. Petite débrouille, petits larcins. Fausse monnaie. On la bat souvent chez les anars qui se piquent d'illégalisme. Les Gandon en sont. Ils brigandent en famille. Six, tous frères et sœurs. Marchands forains. Pichon fait le septième. Comme au jeu de cartes des marmots. Pièces en fer-blanc, billets bidon et, en pied de nez, faux bons de la Défense nationale. La bande a sa morale, « la propriété, c'est le vol ». Elle a aussi du flair. Repérée, elle se disperse. Pichon se terre. Noms d'emprunts, réseau, entraide… Et Rose, le grand amour rencontré comme un soleil sur sa route. Mais l'étau se resserre, ne laissant que la fuite. Radicale. Au Brésil, des anarchistes implantent des communes libertaires. Pichon embarque sur un cargo huileux. La rage au cœur mais un espoir planté dedans : revenir chercher Rose. Roulement de tambour et coup de tonnerre, se croyant abandonnée, elle se revolvérise. Deuxième acte : Rio. Marguerite, l'épouse, et leur fils rejoignent Pichon. Deux camarades au drapeau noir les accompagnent : Victor

Kesterman, ébéniste, et sa compagne. Le groupe s'enfonce dans les terres. Guararema, état de São Paulo, *fazenda* des frères Campagnoli, anarchistes italiens. Un mouchard les dénonce. Ils s'évanouissent… On ne les reverra plus. La police perd leurs traces. Elle cesse ses recherches en 1931. Nul ne sait ce qu'il advient de René Pichon. A-t-il posé son sac ? Ses idées usées aux pierres du chemin, a-t-il revêtu le costume des colons ? Est-il devenu un de ces clochards à demi fous qui vendent leur âme pour du mauvais alcool ? A-t-il rejoint les tribus indiennes parmi les lianes et les anacondas ? Et au soir de ses jours, a-t-il su que Rose, guérie de ses blessures, n'avait jamais cessé de l'espérer ?

À Puteaux, les pierres gardent leur secret. Mais pour qui le veut l'histoire se prolonge. Les archives de la police signalent qu'un certain Westerman, peintre en bâtiment, domicilié rue Saulnier, fit partie des travailleurs de la nuit, les bandits anarchistes réunis quelques années plus tôt, par Marius Jacob, le voleur sans dieu ni maître qui inspira le personnage d'Arsène Lupin. Westerman ? Kesterman ? Il suffirait d'une lettre. Une patte de mouche, un tremblement de porte-plume ou du tampon-buvard d'un gratte-papier. Le fil est là. Le suivre nous conduirait aux rives de l'Amazone. Dans une *cantina* poisseuse, le rejeton édenté d'un forçat évadé et d'une Indienne métis nous apprendrait, pour trois réaux, que Pichon et ses amis mijotaient l'évasion de Jacob croupissant à l'île du Diable. On aurait peut-être acheté là une histoire à touristes, mais on se souviendrait qu'à Puteaux, quai National, près de la rue Saulnier, Arletty alors enfant avait vu débarquer, « matelas sur le dos », des émigrés italiens anarchistes fondeurs de fausse monnaie et qu'Angelo, un des leurs gosses, fut son premier soupirant. C'était en 1905, année du bagne pour Jacob et de la fuite pour Westerman. Tout ça serait trop tentant. On attraperait le fil comme un môme, au manège, la queue du Mickey. Il relierait bientôt les anars de Puteaux et ceux de Guararema. Pichon, Westerman, Jacob et Arletty, les faux-monnayeurs et les bandits tragiques, on s'en ferait un film à projeter sur les murs. Au coin des rues, on peut toujours rêver.

*

Arletty… Un parfum dans les rues. L'Eau des Carmes-Boyer, à Courbevoie, dont la fabrique vaporisait sur la sortie d'école des nuages odorants. Le café, torréfié à Puteaux quand elle y emménage. Le linge frais, quartier des blanchisseries, tordu, battu, fumant. Les lourds fers noirs en fonte, leur manchon de cuir bouilli. Les senteurs de beignets et de sucre filé à la fête qui s'étire sur le boulevard. Les effluves d'estrades et de baraques à concerts. Les odeurs, fruits, légumes, huiles et salaisons, de la Revendication, l'épicerie coopérative où la môme Bathiat va aux commissions. Et le premier flacon offert, parfum pas cher : « Nous nous étions choisis en plein soleil... Le même accent, la même anarchie... »

Dans son sillage flottent aussi des senteurs poudre de riz. Des odeurs de peinture, atelier Van Dongen, de soie Schiaparelli, d'eau et de savon sur un corps dénudé. Un goût de rouge à lèvres et de cibiche au bec. Le goût de rire à gorge déployée et de laisser traîner son rire sur le pavé parce que le jour se lève et qu'on en est lassée. Un goût de mélancolie mêlé au suc de pomme. Un goût de mots en bouche et la voix pour les dire.

Elle résonne encore dans mon téléphone, la voix d'Arletty. Son numéro comme un bijou volé. Moi, pétrifié aussitôt. Muet à s'en coller des claques. Un naufrage. Elle, à l'autre bout du fil, me prenant par la main :

— D'où m'appelez-vous ?... Ah... Courbevoie...

Une vie dans trois syllabes et le silence des secondes. Mes mots emberlificotés, les siens, touchés de mon embarras. Puis, comme on se retire sur la pointe des pieds :

— Au revoir, Patrick de Courbevoie...

*

« Cher monsieur Pécherot,

Je vous donne des nouvelles de mon père Jean-Marie Deschamps.

Le vieux anar de Sonoma County a fait son dernier voyage céleste.

Il est mort dans son sommeil très tôt ce mardi matin. »

C'est au coin d'une rue que je l'avais rencontré. Peut-être n'avait-elle jamais existé ailleurs que dans nos rêves. Une rue de Puteaux, donnant sur la Seine où j'avais fait accoster Sterling Hayden, comme un message glissé dans un roman. De l'autre côté de l'Océan, Jean-Marie l'avait trouvé au hasard d'une fringale de polars et de quelques mots français. Il était né ici il y avait si longtemps.

Son mail, un soir dans ma boîte, comme une chanson de Dylan, sa signature au parfum de mezcal et un *P-S* : « Merci pour Sterling. » Ma réponse en rêve de grands espaces. Et la suite. Le « cher monsieur Pécherot » largué pour des « cher camarade Patrick », puis des « salut et fraternité mon vieux Patrick ». À soixante-treize ans, « le vieil anar de Sonoma County » reprenait la mer. Virtuelle, cette fois, mais la toile sent parfois les embruns sur les voiles. Courbevoie, sa dernière escale. Tour à tour restaurateur, tenancier de bars à matelots, voyageur, contrebandier, il en avait connu d'autrement belles.

« Dix ans avant le *On the road* du camarade Jack je me baladais déjà à travers les Amériques avec Le *voyage du mauvais larron* de notre cher Georges Arnaud. J'ai aussi un peu bossé dans le cinéma, notamment sur le premier film noir américain de mon pote Melvin Van Peebles. Beaucoup d'engagements politiques sous le drapeau noir, bien sûr… Et ainsi soit-il. »

Les odeurs de bourlingue qui m'enivraient jadis revenaient dans les relents de whisky du No Name Bar de Sausalito.

« Avec Sterling, nous y étions un petit groupe très serré, il y avait d'abord Kayla Cahn, petite juive intello de gauche de New York, Edith Kramer, elle aussi juive new-yorkaise, ancienne élève de Langlois, qui pendant quarante ans dirigera le Pacific Film Archive de l'université de Berkeley, Shel Silverstein qui révolutionnera l'art du livre pour enfants aux États-Unis, Milton Webber, vieux journaleux qui avait fait la guerre d'Espagne, et Dalton Trumbo aussi gigantesque par son talent que par sa taille… J'y rencontrai tous mes copains de l'époque, c'est-à-dire tout ce qui restait de la beat generation : Richard Brautigan, Yanko Varda (peintre, oncle d'Agnès), Brendan Behan… Des membres du FLQ* en cavale, et bien sûr quelques gauchistes français en goguette qui nous apportaient des nouvelles du pays. »

Entre deux séjours à l'hôpital, mon vieil anar m'envoyait des nouvelles, des souvenirs et des photos de famille, des cartes postales figurant Jack London ou Pancho Villa. En retour, je lui distillais un peu de sirop des rues d'ici. Son dernier mail me confie à celle qui, à Paris, avait « longtemps aidé » Sterling Hayden. Je n'ai pas pris contact. Le voyage aurait-il été plus beau que celui qu'il m'avait offert ? Je ne saurai jamais si, la Seine

* Front de libération du Québec.

remontée, Johnny Guitar avait jeté l'ancre à Puteaux. Quelle importance ? Son fantôme y rôde. Depuis Sonoma County, un vieil anar m'a guidé jusqu'à lui.

Au coin des rues elle fleurit

La langue populaire est brave fille. Pas bégueule, elle ramasse ce qui vient. Elle ravaude, requinque, fait du neuf avec du vieux. Elle recueille les mots comme des enfants trouvés au coin des rues. De mots à mômes, il n'est que quelques lettres. Celles qu'on prend en faute dans les dictées. Ces mots-là ont les doigts tachés, le museau barbouillé, des gueules d'empeigne, parfois. Ils sont bâtards ou pas grand-chose. Mots de barrières et de bas quartiers, mots d'argot, cette « langue de combat de la misère », disait Hugo. Jargon de travail, aussi, taillé au tranchoir des bouchers, frappé au marteau, rougi à l'échaudoir. Langue dépiautée, retournée, forcée à la masse. Forgée sur l'établi. Langue de la récup et du rafistolage, de la soudure et du tour de main. En quittant le boulot on a laissé la cotte, suspendu la blouse. On a eu beau faire, on trimballe tout de même des poussières, du cambouis sous les ongles que le savon n'a pu ôter, des cheveux blancs de plâtre, une rougeur des doigts. Des mots, aussi, pas rangés au vestiaire. Ils sont restés dans la poche. On a mis son mouchoir par-dessus. Ils sortiront avec lui, les cigarettes ou la monnaie des commissions. Quelqu'un les entendra et pour faire le mariole, ou parce qu'ils sonnent juste, il les rapportera sans paraître y toucher. Ils feront leur petit effet et seront repris comme une chansonnette ou récupérés pour le grand air du trois.

Mots bricolés, traficotés, fourgués à la criée ou en douce, ils voyagent. Ce sont des mots saute-frontières. Ils rôdent dans les sentiers, le long des voies ferrées et des aires de transit. Ce sont des mots tapis dans les abris des gares et les aires d'autoroutes. Des mots échoués, en espoir de partance, au trente-sixième dessous d'un hôtel à immigrants. Indésirables. Leur bosse roulée, certains s'en reviennent, peinturlurés de bonne réputation. Ce sont des clandestins planqués dans le vocabulaire, des mots pas dupes qui rient sous cape. Ceux de Villon qu'on sert le doigt levé alors qu'ils sentent la coquille et le jarret coupé. Ceux du trimard, de la verdine et de mille horizons. Des mots accordéons aux barrières des fortifs, rapés dans les cités, rimés, triturés, cadencés sur des *beats* et des platines, des mots scandés, des mots scooters et demi-pression, des mots flippers, comix et illustrés, série téloche à recycler. Des mots sur le zinc, coup de blanc et œuf dur, Coca-kebab, McDo et petits boulots. Des mots qui prennent l'air aux fenêtres avec le linge au vent, des mots pétris d'accents, chopés, colportés, échangés comme une poignée de main ou des gnons. Des mots qui baguenaudent, fête foraine, autos tamponneuses, trois tours et puis s'en vont. Ils reviendront. Apprivoisés comme des cabots errants. Larguant l'argot et le jargon pour la bonne plâtrée du langage commun. Ils ne seront jamais mots choisis. Et le pire est qu'ils s'en contrefichent.

Mes rues gueulent. Voix de rogomme et de crécelle. Vitriers, rémouleurs, marchandes des quatre-saisons ou de peaux de lapins, j'ai vos cris en tête.

« Chiffons ferraille à vendre. » Jeudi, jour sans école, le chiftir me sort du lit dans le grincement de sa charrette. Réglé sur son pas, son appel est un chant de travail. Deux longues, un temps, quatre brèves. Chiffons traînant, ferraille secouée. « Chiiiffonnns… ferraillavend' ! » Dans le jour qui se lève et la chaleur du lit, je le suis, les yeux mi-clos, mon pyjama changé en canadienne. Lui, c'est un chineur, il délaisse les poubelles. Il achète vos rebuts, débarrasse la cave des trésors entassés, outils démanchés, frusques, torchons mille fois ravaudés, casseroles hors d'usage, bassinoires percées. Lointain descendant du trimard, il a connu les ultimes confins de la zone. Il sent la crasse, le tabac, la corde et la toile de sac. Les odeurs fortes du pavé, la lampe charbonneuse et le couteau tiré. Cousin d'Édouard Carouy, le biffe au drapeau noir devenu bandit tragique. Frangin d'Abel Benoît, chiffortin du brouillard et du pont de Tolbiac où plane à jamais l'ombre de Léo Malet. La littérature fera de ses semblables « de grands liquidateurs sociaux, de suprêmes redresseurs de torts », écrit Louis Chevalier. En attendant d'entrer dans le mythe, « ils semblent rassembler la plupart de ces caractères que l'opinion bourgeoise prête indifféremment aux travailleurs et aux criminels. Sauvages, barbares, c'est ainsi qu'on les désigne et qu'on les juge. » Rien ne se perd, tout se transforme. Le travail comme le reste. Les métiers de la rue rappellent que l'unité perdue de la classe ouvrière relève d'une réduction à un modèle brièvement dominant, d'une grille de lecture ou d'une difficulté à lire le monde du travail dans sa diversité. Portefaix d'hier, marchande d'arlequins, porteuse de pain, vitrier, camelot ou rémouleur… Aujourd'hui livreur de pizzas ou de journaux, coursier, recycleur de nos déchets. Il n'est pas indifférent que vos dissemblances soient aussi sonores. La rue gueulait, elle s'est tue. Le travail se doit d'être muet. Leurs cris étouffés, les rues sont aphones. Un faux silence bruyant a remplacé leurs voix, piqué de haut-parleurs pour donner le change. Écouteurs, téléphones, fils aux oreilles et à la patte… Ils charrient un ronron de mots édulcorés.

*

Voilà le thym
Dix francs le bouquet,
Voilà le persil
Tout grille avec le persil
Et le bifteck aussi
Voilà des bouquets pas chers,
Ils sont bons pour les cuisinières,
Pour mettre dans le civet de lapin,
Voilà du thym, mesdames voilà du thym.

C'est dans *Paris mon pote* que Robert Giraud rapporte la chanson du verdurier. Giraud n'avait pas les oreilles dans sa poche. Du macadam aux bistrots, il les aura remplies des cris de la rue. Odes au frichti, fumet de poêle à frire. Gare à celui qui les renifle. Lancés à pleine bouche, ce sont des cris à odeurs. Ils se poussent de la gueule et parfois du goulot. C'est qu'il en faut pour chasser le froid quand il gèle à pierre fendre. L'été, ils exhalent des parfums d'ail, des relents de ratatouille et des bouquets de vin frais pour amadouer le soleil. Ils remontent de la mémoire des gosiers. Le Moyen Âge en faisait des musiques qu'il baptisait fricassées. La bonne tambouille sonore des coins de rue.

Elle vous en met plein les narines, vous chavire les esgourdes. L'eau monte à la bouche, et les gargouillis dans les estomacs creux. Ils l'étaient plus souvent qu'à leur tour, ceux des boulots du pavé. Leur bec fermé, c'est du progrès qu'ils ont trouvé dans l'avancée sociale. Les regrets sont des lunettes beurrées. De la serviette vichy sur des comptoirs en toc. De la goualante rétro pour quinzaine commerciale. Et de la gâpette gavroche qui veut se donner des airs. Mais les voix, tout de même, elles le rendaient goûteux le sirop des rues. Elles manquent un peu, dans les coins. C'était du lien social, à leur façon, qu'elles y tissaient en cordes vocales. Brut, comme du chanvre, rêche mais bon à tenir. C'est peut-être lui qu'on va chercher, le dimanche au marché. Un kilo de chaleur humaine dans sa petite charrette. Et des voix qui font bonne mesure. Treize à la douzaine. Bien criardes. La fricassée des rues.

*

On y va dans les beaux fruits, on y va
Les prunes, les pommes, les poires
Un penny le cent,
C'est donné croyez m'en !
Allez, qui en prend ?
Sept enfants, que j'ai, sept petits,
qu'ils aillent en paradis :
mon mari n'est qu'un ballot,
avec sa pipe et puis son bock,
pas un rond qu'il va leur faire.
Allez ! faut bien que j'fasse l'affaire.

Une minuscule plaquette aux éditions de l'Arbre. Trente-deux pages. Imprimée à 288 exemplaires.

Sans même une adresse. Tout à fait le genre à se sentir bien dans votre poche. À son titre, vous saviez qu'elle était pour vous. *Poèmes pour les marchandes de pommes.* L'auteur vous avait tapé dans l'œil. Jonathan Swift. Un type capable de conseiller aux pauvres de manger leurs enfants, tant leur misère est grande, ne pouvait qu'aimer les cris des rues. Il en a fait des petits poèmes. Des vers de rien, des rimes en bouts de ficelle, des envois en papier dans l'eau des caniveaux. Il en est qui composent des stances pour les marquises en dentelles, lui les offre aux marchandes de pommes, aux vendeuses d'huîtres et d'oignons. « On a les dames du temps jadis qu'on peut », chantait Brassens. Celles de Swift poussent des carrioles à bras et haranguent les chalands. À quelques siècles de distances, elles auraient pu sauter le Channel pour prêter main-forte aux mégères gendarmicides du gorille à bacchantes. La fricassée londonienne vaut celle de chez nous. Les coins de rue n'ont pas de frontières. Et quand la mistoufle s'y loge, pont de Clichy ou Holborn bridge, les égouts crachent la même débine :

Raclures des étals de bouchers, merde, tripe et sang ;
Chiots noyés, harengs pourris tout trempés de fange,
Chats crevés, feuilles de navets en vrac dans le courant.

*

Les coins de rue résonnent des chansons disparues. Le temps où elles y naissaient n'est pas si loin. Pont de Neuilly, la Sacem compte encore leurs droits d'auteurs. Il en a fallu de la voix pour les imposer. Du coffre et de la luette. Des gorges écorchées de trop se donner, des cors aux pieds à battre la mesure et la semelle, des doigts usés sur l'instrument ou la ferraille du porte-voix. Avant le microsillon, pour se faire connaître, les chansons n'avaient pas d'autre voie que le trottoir. Gravées dans la cire par la vedette du moment, elles n'allaient pas bien loin sans les chanteurs de rue qui la colportaient. Vrai métier que le leur. Déclaré en préfecture, carnet de travail visé, emplacements tirés au sort devant l'autorité, partitions réglementées par un dépôt légal… « Notre boulot ne consistait pas à chanter n'importe quoi aux terrasses puis à faire la manche. Nous faisions le succès d'une chanson. Nous l'apprenions au public parfois pendant des heures. Ensuite, seulement, nous vendions des petits formats que les amoureux de la chanson achetaient pour répéter chez eux. »

Dans leur sillage, bien avant le téléchargement, c'est dans la rue que planquait le piratage. Tirées à l'huile de coude dans une imprimerie de quartier, les ritournelles contrefaites en sortaient au kilo, écoulées au prix des vraies par des chanteurs au noir. La manche, un cran plus bas, se contentait des restes. « J'tez moi des ronds par vos fenêtres, par vos portes et par vos greniers, c'est pour soulager mon pauvre être, qu'a pas bouffé d'puis l'mois dernier. »

Pour peu que l'artiste ait amadoué la bignole, les chansons des coins de rue pénétraient dans les cours, encartées dans un limonaire, pliées dans le soufflet d'un accordéon ou entonnées *a capella* pour les plus fauchés. Elles perçaient des trouées dans le morne du jour. Que les fenêtres s'ouvrent, que des locataires s'y penchent, que les cœurs se serrent sur la misère du monde et les pièces dégringolaient entortillées dans du journal.

« Un refrain courait dans les rues », chante Piaf. Ils étaient nombreux à y battre le pavé. Futurs succès ou scies émoussées, colportés, emportés comme des cornets de frites et savourés tout chauds, le cœur à l'aise, des trémolos dans le gosier et, dans le bec, des trilles de serin en cage.

Un courant d'air les a dispersés. Un autre les ramène, un soir de fête où la musique a droit de cité. Ils sont un peu musée Grévin, Doisneau frelaté, mais le petit bonheur qu'ils donnent en dit long sur les jours. On les écoute, encore, sur un CD ou une clé USB. Ils sont parés de neuf. Une voix plus rentrée, un combo de faux manouches, un accordéon néopunk, un sampler. Mâtinés, bousculés, ragaillardis, ils reprennent la rue comme on reprend la mer. On les garde pour soi, branché à son lecteur comme à un pacemaker. C'est du plaisir solitaire, du coin de rue mis en bulle. Mais du coin de rue tout de même. Et c'est ce qui compte.

*

« Dès le matin on entend crier les journaux. » Dans son *Tableau de Paris*, Louis-Sébastien Mercier peint leurs « brailleurs infatigables [qui] courent les rues ». 1783, la presse se vend à gorge déployée. L'odeur d'encre se mêle à celles du chou et de la saumure. Les nouvelles se jettent au vent rasant qui les transporte. Et les altèrent. « De simples projets de décret sont transformés en décret et tout un quartier s'épouvante de ce qui ne doit pas avoir lieu… » Trois siècles avant le Web, le tweet et la course aux médias, les coins de rue jouent les chambres d'écho. Lancé à la volée, le message s'y déforme à chaque rebond, compressé pour être crié comme il l'est aujourd'hui pour un tchat ou le banc-titre d'un écran. La révolution du Net a aboli les distances et le temps mais ses autoroutes virtuelles évoquent les ruelles d'antan, et les nouvelles technologies de l'information ces « cris nouveaux » que Mercier entendait. « Les victoires, les complots, les batailles et les révoltes… tout cela se crie pêle-mêle. Le journaliste a tué pour deux sols celui qui se porte bien, il annonce la fin du gouvernement comme Lalande* annonce la fin du monde… La législation, la politique et la diplomatie sont à la merci de ces crieurs qui défigurent les noms, dénaturent les expressions, et font dans les carrefours un historique où la géographie est

* Jérôme Lalande (1732-1807), astronome.

tellement bouleversée que le Nord et le Midi sont confondus, et que les affaires de Rome se trouvent à Ratisbonne. »

Les coins de rue sont des miroirs.

*

« *France-soir, Paris presse, L'Aurore,* demandez *France-soir* ! » 1960, le titre des quotidiens se crie encore sur le pavé. Mais les « brailleurs » de Mercier n'ont guère franchi le tracé de l'ancienne muraille qui ceinturait la capitale. Les banlieues y étaient alors garennes ou champs, et les rues chemins creux. La ville les a rattrapées mais Paris garde ses distances. Lieux-dits mis au ban. Banlieues. Reléguées au-delà des fortifs, puis du périphérique. Frontière. On n'est pas de Courbevoie comme on est de Courcelles. Puteaux n'est pas Paname. Les crieurs de journaux se hasardent peu dans ces coins à loquedus. Trop loin des messageries et des gares centrales. Le France-Soir de Pierre Lazareff m'attend chaque jour à la sortie de l'école, mais il transite par le marchand qui tient boutique. Mon quatre-heures n'en a pas moins le bon goût de l'encre. Tartines et dernière page, celle des bandes dessinées. Les amours célèbres m'ennuient, les exploits de Chéri Bibi me ravissent. Tandis que je les dévore, une poignée de copains dynamitent le cinéma, pour le meilleur et le pour le pire. Le meilleur m'alpaguera en flash-back au carrefour de l'adolescence. *À bout de souffle.* Jean-Paul Belmondo vient d'acheter *France-Soir. Mon France-Soir.* Il se plonge dans la dernière page. *Ma* dernière page. « Le crime ne paie pas. » La BD quotidienne au format vertical figurant une pellicule cinématographique raconte les grandes affaires criminelles. Le texte de Paul Gordeaux est imprimé sous les cases. Que lit Belmondo cibiche aux lèvres ? L'épisode dessiné par Uderzo ? Celui de Jean Effel ? Rêve-t-il à la bande à Bonnot illustrée par un énigmatique Roger Chancel dont le temps a effacé la trace ? Je ne le saurai pas, il a jeté le journal. Mains en poches, il baguenaude. Métro George-V, Le Balzac projette *Tout près de Satan.* L'affiche — « Vivre dangereusement… jusqu'au bout ! » — évoque étrangement celles qui fleuriront bientôt dans la Sorbonne en grève. Le jour s'étire, paresseux, Belmondo le flaire avec la souplesse d'un chat. Il marche comme on danse. Il a cette aisance des rings quand la boxe s'y fait grâce. Son swing est aussi cool que la trompette de Chet Baker. Sa dégaine est cool, sa gueule est cool, ses gestes sont cool. Longtemps, j'userai de son tic, volé à Humphrey Bogart, le pouce caressant la lèvre supérieure. C'est à la rubrique des faits divers que François Truffaut avait déniché l'histoire de Michel Poiccard. Le jeune voleur de voitures, amoureux d'une journaliste américaine, avait flingué un agent motocycliste qui le prenait en chasse. Triste héros d'une pauvre histoire. Désinvolte et tragique, Belmondo, lui, est pour toujours en état de grâce.

Le voici qui descend les Champs-Élysées. « *New*

York Herald Tribune ! » Le vendeur de journaux qui vient à sa rencontre a l'accent américain, le corps féminin et les traits enfantins de Jean Seberg. À la fin du film, tandis que Bébel agonise rue Campagne-Première, elle demandera : « Qu'est-ce que c'est dégueulasse.? »

« La vie », avait répondu, onze ans auparavant, Léo Malet dans sa trilogie noire. Quand je découvre *À bout de souffle*, j'ignore que le père de Nestor Burma, a crié, lui aussi, les journaux sur le bitume. Et qu'il y a lancé ses poèmes comme des pavés fulgurants. Plus tard, revoyant le film de Godard, j'aurai envie de les ouvrir au hasard. *Cœur et browning*... bonne pioche. Le soir même, sur un mur, un coin de rue m'apporte le visage de Malet, peint au pochoir... Il voisine avec celui de Belmondo-Poiccart.

Même muettes, les rues ont de la gueule.

Au détour d'un bloc

Sont-elles encore des rues, ces voies et ces passerelles qui percent le béton ? Elles dessinent une géographie provisoire. Grand chantier. Pans de villes démolis dans de lointains projets. Quartiers effacés jusque dans la mémoire. Espaces éclatés, béances, ouvertures. Zones naissantes qui s'insèrent moins qu'elles ne supplantent. Le mouvement accompagne la mutation des villes. Rétif de La Bretonne n'arpente pas le Paris de Villon. Celui d'André Breton n'est plus celui d'Hugo. Léo Malet meurt avec le sien quand Balzac se lamentait déjà au siècle d'avant : « Hélas le vieux Paris disparaît avec une effrayante rapidité. » Pourtant chacun d'eux peut encore jeter l'ancre au coin d'une rue. Y graver un prénom, écouter une rengaine ou la chanson des murs, prendre le vent, surprendre un secret, attendre. S'y fondre.

Emmanuel Bove cherchait les bruyères à Bécon. Au moins pouvait-il leur imaginer un passé. Qui dira celui des iris à la Défense ? La place portant leur nom n'est qu'une idée de place. Les rues, des rêves de rues. La Défense, Manhattan-sur-Seine en attente du Grand Paris, est-elle autre chose qu'un circuit dédié à la vitesse ? La banlieue y court. Après ses trains, ses horaires et ses fins de mois. Elle court après son ciel. Elle court sur des dalles suspendues, sur les tapis roulants, dans les souterrains et les gares routières. Elle court d'une banlieue à l'autre au gré du marché immobilier, du marché du travail et du marcher collés. Elle court en strates, en horaires décalés. Banlieues du jour, tailleurs cravates. Banlieues de nuit, blouses et balais. Banlieues de l'aube, fourneaux, fournils. Banlieues de l'entre-deux, des aiguillages, des terminaux, des postes de contrôle et des gardiennages. Banlieues sans heures des sans-logis. Banlieues fragmentées, dans la cité, dans le travail, dans les marges. Banlieues qui s'ignorent et tournent en rond sur des idées de rues.

Et pourtant, les idées de rues, il arrive qu'elles s'incarnent. L'urbaniste l'avait prévu. Il a pour lui son art, son savoir, la vision du futur et toute sa science infuse. Vous savez, vous, que la rue existe par ceux qui la vivent. Par leur présence, leur passage, leur empreinte. Le tracé le plus raide, le béton le plus dur, l'esplanade la plus carrée se transforment parce qu'un pékin s'y est posé. Vraiment posé. Le temps d'une cigarette, d'un coup d'œil, d'un sandwich. Le coin de rue naît du geste. Simple, évident, quotidien.

La Défense, Manhattan-sur-Seine. Çà et là un patio, une sculpture comme une aumône ou un placement financier. Le parvis doit avoir bonne figure. Il la prend dans les instants volés. Les enfants mêlant Miró et Playdo, les rendez-vous donnés sous la griffe de Calder, les photos souvenirs au *Pouce* de César. Et les moineaux perchés sur les secrets de pierre : la *Dame Lune*, de Silva, *Le Grand Toscano* de Mitoraj. Pour s'en rincer l'œil, on s'est assis au bord d'un bac à fleurs. Matin d'hiver, heure creuse. Sur ses rollers, une patineuse en blouson dessine en silence de longues arabesques. Visage fermé. Capuche, slim et teddy. Elle ressemble à cette fille, garçon manqué, qui rêvait d'intégrer la bande des Jets dans *West Side Story*. « *Boy, boy, crazy boy, get cool boy*… » Son chien la filoche, un minuscule corniaud court sur pattes, terriblement poilu et rigolo. Une bonne gueule ficelle, oreilles au vent. Elle patine sans bruit ni flaflas. À l'épure, mouvement déroulé dans l'économie des gestes, une main en poche, l'autre sur sa cigarette. Elle la tient au creux de la paume. Demi-tour glissé, aérien. Arrêt suspendu, elle n'a d'yeux que pour son chien. Elle l'attend, il est heureux. Ils se rassurent. Ils font une chouette paire et une belle balade sur l'espace dégagé par les tours. On aimerait les peindre, sa silhouette en blouson, ses traits durs où ses yeux sont tendresse pour le cabot. On la devine taiseuse, salle de boxe et street painting. Petites galères et le reste. On voudrait lui passer le bonjour dans un regard. Elle s'en moque et c'est encore mieux. Déjà on n'aperçoit plus que son dos et le point dans son sillage qui doit être le chien. On s'était assis pour faire une pause. La *Dame Lune* rigole. La journée sera belle. On reviendra dans ce coin de rue qui n'était qu'une idée.

« Ma France à moi, elle parle en SMS, travaille par MSN, se réconcilie en mail et se rencontre en MMS. » Elle sonne juste, la chanson de Diam's. C'est elle qui vient devant ces mômes qui dansent, passage des Reflets à Courbevoie, entre deux tours, dans une galerie commerçante aux boutiques closes. Ils ont calé un *ghetto blaster* sur une musique hip-hop et ils dansent. Muets. Robotiques et tout caoutchouc. Dans les vitrines éteintes et les parois de verre, ils reluquent leurs mouvements. Désarticulés jusque dans les poignets. Les genoux qui se déboîtent, le corps désossé, leur cou dévertébré avec la tête en vadrouille au-dessus... Ils sont comme démanchés, en pièces détachées qu'ils remettent en place à petits coups précis. Ils ont étudié ça au millimètre. Ils ont vu trois cent douze fois *Thriller* et tous les autres clips de Michael Jackson. Ils esquissent le moonwalk au détour d'un pas chassé, comme une petite élégance. Un clin d'œil et un coup de chapeau. Concentrés, le geste cool quand il défie la pesanteur et toutes les lois de la gravité. Ils dansent sur des coussins d'air et des nuages.

Les filles sont R'n'B, peau de pêche, brillance et cheveux de nuit. C'est du *make up* et des heures passées dessus. Les gars, sculptés comme des statues grecques qui auraient fait des pompes. Jogging, capuche, Nike et ces batteries de marques dont vous ignorez tout. « On n'est pas des crevards. » Ils sont funambules, boxeurs à l'échauffement, capoeristes et un tas de trucs dont l'idée ne vous effleure pas.

Leur seule musique est parfois dans leur tête. Ils dansent, mutiques, sans un son, sans un bruit. À peine celui, glissé, de leurs semelles ou le frottement de leurs épaules au sol quand ils vrillent. Débranchés du monde. Reliés au leur si petit dans l'iPod. Coupés de tout sauf de l'essentiel. La barre à atteindre. Et leur image, trop mortelle. Capable de vous flinguer en un déhanchement ou un mouvement d'épaule. Mais vous ne les intéressez pas. Vous êtes invisible, comme ils l'étaient pour vous, ce matin, dans le tram ou l'abribus. Ils sont la virgule des chiffres du chômage. Le petit flux statistique des sortis de l'école sans rien qu'un vague sentiment de gâchis. Là, dans ce passage couvert, à l'heure dite, ce sont des rois. Pas un recruteur ne le saura. On verra d'eux les murs qu'ils tiennent et leurs cages d'escaliers. Ils feront semblant de s'en foutre. Quelle importance ?

*

Puteaux. C'est un bistrot couleur des murs. Gris poussière et si terne qu'on est passé devant cent fois sans le voir. C'est un bistrot qui n'a rien d'un bistrot, de l'image qu'on s'en fait pour y donner rendez-vous, se rafraîchir ou se dégeler les doigts, au cœur de l'hiver, sur une tasse fumante. Il ne viendrait pas à l'idée d'y entrer. Du reste, sous sa crasse, c'est son existence même qui ne viendrait pas à l'idée. Ou alors celle d'un bistrot fermé depuis des lustres, son patron enterré quelque part en Creuse où il s'était retiré sans avoir pu le céder, à moins qu'une terre à betteraves, marnaise ou picarde… En regardant mieux, sur les carreaux épais comme des culs de bouteilles, on devine une étiquette, délavée par les années et la coulure des pluies. Cacolac. On en buvait jadis, au temps des Teppaz et de « Salut les copains ».

On ignore pourquoi on s'est arrêté devant ce fantôme de bistrot. Quelque chose surgi dans le champ visuel ? Un moineau picorant une miette, le soyeux d'une souris, un reflet du soleil ? Non, ce n'est pas le soleil, la tache de lumière à l'intérieur. Jaune et filtrée par la saleté des vitres.

On actionne le bec-de-cane, surpris qu'il fonctionne. Le seuil est franchi. « Terre, terre voici ses rades inconnues », on l'avait toujours trouvé rigolo, le vers d'Aragon. Les rades, il suffisait de les lire au masculin pour les changer en troquets, comme autant d'îlots providentiels aux naufragés de banlieue. Le rade inconnu, vous y êtes.

D'autres marins solitaires vous ont précédé. Ils vous regardent sans éprouver le moindre intérêt. Un réflexe de regard. La porte poussée, vous êtes passé de l'autre côté des choses.

Ils sont trois, chacun à sa table, un au comptoir pour faire le pendant, et le mastroquet derrière son zinc. Ils ont l'âge du lieu. Autant dire qu'ils n'en ont plus. Les yeux ailleurs. Des yeux à cataracte. Leur monde a les couleurs du bistrot couleur des murs. C'est un monde ancien où les heures s'écoulent comme un jus dans la cafetière, percolateur en panne. Alignées sur l'étagère, les bouteilles. Citror, grenadine à tango, menthe à perroquet. Vabé va bien, Dubo, Dubon, Dubonnet.

Vous avez demandé un Cacolac. Vous sirotiez les vôtres devant un juke-box pareil à celui qui roupille dans un coin. Le disque sur le plateau, le bras sur le vinyle, l'aiguille dans le sillon, quarante-cinq tours minute pour retenir la nuit. L'appareil a rendu l'âme sur la voix d'Oum Kalsoum. L'oud, les violons ou le chaâbi de la casbah. C'est ce qu'ils entendent, les clients du bistrot, dans leur lointain. Avec les appels du bled, tout fleuris de jeunesse, et ceux chantants de prières. À moins que la sirène du paquebot accostant à Marseille, celle du train dans les gares, de l'usine ou des cars police… Une drôle de musique. Mixée aux voix des copains les dimanches de repos. Des voix jeux de dames et de dominos. Des voix rigolades, des voix engueulades, des voix cartes postales au pays. Des voix rideaux tirés sur les nuits masculines.

Ils entendent tout ça dans le bistrot fantôme, les vieux chibanis couleur poussière. Valise défaite depuis cinquante ans. Billet de retour parti au fil de l'eau qui coule sous le pont de Puteaux.

*

Place de la paix, Suresnes. Le pressoir est installé, la rue a des couleurs d'automne, l'air charrie des senteurs de raisins murs. Sur la place, les tablées sont dressées. On est sorti tôt pour savourer la matinée, « je vais à la boulange ». Le mot a le goût du pain tiède. Il en amène d'autres qui sentent la pâte et le métier. Vous vous demandez ce qu'évoqueront les vôtres. Reporting, PowerPoint, conférence… Vous êtes content de ne pas vous souvenir que de ceux-là. Une odeur d'écorce se mêle à celle du pain. La journée sera bonne. Elles le sont toujours aux vendanges. Vous descendez au marché. Écharpe et mitaines. Il fait frais. « Vivifiant ! », vous lâchez en frappant des mains comme dans cette série télé pépère qui parlait de village et de brocante. Vous prenez le gobelet de vin blanc qu'on vous tend. Le nez, d'abord, puis la bouche, et la gorgée avec cette mimique de connaisseur que vous n'êtes pas. « Il est bien », vous appréciez, histoire de ne pas vous mouiller. Un grand cru ne vous aurait pas offert plus de plaisir et c'est ce qui compte. Vous aimez le vin de Suresnes pour la saveur qu'il donne au travail des hommes et à la mémoire qu'ils retrouvent. La joie minuscule d'être ensemble, somme toute, et de goûter ce peu de chose si précieux de sa petitesse. « C'est du vin des humbles », vous pensez, sans le dire parce que cela serait de trop. Du vin de table. De bonne tablée, qui rend camarades l'espace d'un jour, et tout de même, c'est bon à prendre. Nerval le chantait, il lui préférait celui d'Argenteuil mais on n'est pas chien. André Hardellet y distinguait « de jolis arcs-en-ciel ». Excusez du peu.

Vous retournez place de la Paix. Les cités-jardins sont sur leur trente-et-un. Elles ont la beauté des femmes d'usine qui tiennent tête au labeur. Vous êtes heureux d'être de cette lignée. Ordinaire, gens de peu. Une belle lignée. Et une belle cité que celle-là. Il faudrait l'enseigner quelque part. Henri Sellier, l'habitat social, les espaces verts, le populaire au centre-ville comme un cœur qui bat, l'église de briques rouges — le petit Jésus était fils d'ouvrier —, le théâtre en cadeau mérité et Jean Vilar qui rendait la culture comme une justice.

On a monté une scène en plein air. Un trio joue Brassens. Contrebasse, accordéon, chant. Accents musettes. On mange des crêpes, des baklavas et de la barbe à papa. On sirote du moult de raisin et du thé à la menthe. La rue est à tout le monde et du monde il y en a, qui reprend en cœur. « Quand Margot dégrafait son corsage… » Sous son hijab, une femme fredonne : « la, la, la, la, la, la, la, la »… Sourires, soleil. C'est une sacrée belle journée.

*

Aux beaux jours, avec ses cafés, ses brasseries, ses fast-foods et ses commerces, le boulevard Richard-Wallace prend des airs de promenade. Il fait bon y musarder quand le soleil est de la partie. Les autos ont des allures de vacances et des senteurs de nationale 7. On est assis à une terrasse, un livre avec soi qu'on touche pour le plaisir des mains. On l'a trouvé à l'Amandier, content de s'y être arrêté. C'est un recueil d'Henri Pichette ou un de ces petits miracles de Christian Bobin qui vous mettent le cœur à l'envers et de la belle joie dedans. On l'ouvre comme on le ferait d'une bouteille pour libérer la part des anges. On y goutte un peu, rien qu'un peu, histoire de se donner l'envie plus grande encore d'étancher sa soif. On savoure sa présence comme celle d'un ami qui saurait le prix du silence. On est heureux de l'instant, sur ce boulevard aux couleurs de printemps. Plus loin, il y a le pont et, une fois passé, le bois de Boulogne. L'air y est filtré de chlorophylle et de roses en boutons. Sur le pré, comme en terrain reconquis, les parties de foot ont chassé depuis longtemps les tournois de polo. Bois bronzette des dimanches herbe tendre, paupières lourdes de soleil. À deux pas, le lac clapote, ses barcasses chargées de souvenirs canotiers. C'est du Renoir en maillot rayé, esquif loué pour jouer des biceps ou se sentir poisson dans l'eau.

Bois pique-nique : paniers, parasols. Bois vélo, les pistards tournent autour de l'hippodrome. En les voyant filer on pense à Dédé Pousse, à Balutin, les grandes gueules du ciné famille et du double plateau. À Claude Brasseur et Trintignant pédalant dans un polar sans autre charme que leurs voix dans les allées. Ce sont des bouts de machins qui passent par la tête et qu'on laisse venir au gré du vent. La fête à Neu-Neu et ses fleurs en papier, le Jardin d'acclimatation, son petit train, ses poneys et son guignol où on allait, loupiot. Puis, l'âge venu, la mouflette au bras, son sourire soleil qui vous changeait en bâton de guimauve.

Sans bouger de sa terrasse, on a fait une balade. Pour rentrer, on reprend le boulevard, côté Neuilly. Il est costume clair de lin léger, robe bain de soleil, pantalon corsaire. Il a belle allure, la peau pain d'épice et une discrète senteur d'ambre solaire. En prenant de l'âge, il sera vieux beau décontracté et chic ou femme du monde encore très belle. Sur cette rive-là, ce n'est plus tout à fait notre boulevard. Pourtant, il ramène des fantômes familiers qui le hantaient jadis. Simenon, la pipe au bec, Prévert gamin, culottes courtes et cerceau, et, le plus flamboyant : lady Beltham, l'égérie de Fantômas, surgie du numéro 24 comme une orchidée noire sur un tapis de roulette.

On songe à tout ça dans le ronron des autos au soleil. C'est du sans queue ni tête, on est désordre mais on s'en moque, on est bien. Et tout à l'heure, comme une eau fraîche, on savourera enfin Christian Bobin.

*

Les quais, jour de printemps, d'orties fleuries et de lilas sauvages. La balade a le charme d'un secret. Les parfums marronniers mélangés au gazole font monter des idée de mêlé-cass. Les péniches qui remontent la Seine ont des lourdeurs de ventre plein. C'est du blé qui navigue vers les darses de Gennevilliers, des containers d'acier ou du pétrole en cuve. Les remous, dans leur sillage, balancent les canards cols-verts comme des bouchons rigolos. Aux flancs noirs des chalands, les noms peints sur les coques donnent des envies d'écluses et de Simenon.

Il vient des mots en bouche et des goûts de friture, de matelote, de goujons.

Des désirs de marée vous font pousser des ailes. On se sent goéland et les îles sont proches qu'on aborde au gré des ponts. Celle de Puteaux et ses roseraies embaumaient les usines à parfums, vers Suresnes. Celle de la Jatte aux couleurs de Monet et touches de Seurat. Les baignades dans la Seine, près du pont de Courbevoie, les soirs accordéons, tièdes encore de soleil.

Quand je dansais dans l'île de la Grande-Jatte
J'étais fillette aujourd'hui sans regret
Mais le temps passe et se tire des pattes.
Las d'écouter le cœur qui se dilate
Qu'en reste-t-il ? Un parfum de saison.

Il flotte une chanson de Mac Orlan qu'on aimerait fredonner au son d'un Georgina. La Jatte est devenue grande bourgeoise, courts de tennis et *Figaro.* On y accoste, pensées pirates en tête. On saurait y faire, nous aussi, dans le charme discret et bien manucuré. Et pour mieux profiter du tabac des havanes, on serait baron de l'écluse, drapeau noir brodé de soie.

Notre île de la Tortue serait celle des Ravageurs, en amont, sur Asnières, sous le pont de Clichy. Plus fantôme que le Hollandais volant. On y croiserait Eugène Sue. On verrait les ferrailleurs d'eau douce, enflottés jusqu'à la taille, remonter du limon des pièces de métal sombré. On y rencontrerait des errants, des relégués, des clochards pouilleux, des ivrognes, des montreurs d'animaux, des gitans rêvasseurs qui prendraient l'air farouche. Ils nous chuchoteraient *Les Mystères de Paris* et, si la chance s'y met, on boirait un canon avec Jean-Paul Clébert, le clochard céleste qui ne dédaignait pas venir s'y laver les pieds, « malgré le mâchefer et la boue visqueuse qui font ici office de sable chaud ».

Devenue cimetière des chiens, elle nous fêlerait un peu le cœur de tant d'amour dispersé et de souvenirs enfouis. Alors, à la tombée du soir, on n'irait pas plus loin. On rentrerait, piane-piane, à rebrousse-voie des autos. La musique des moteurs et des pneus en rumeur de retour, on penserait à Ferré, ses yeux vieux singe tournés vers « des îles où n'abordent jamais les âmes des bourreaux ».

*

Boulevard de la Mission-Marchand, Courbevoie. Un gros axe de circulation aux immeubles teints par les gaz d'échappements. Quatre voies, deux vers Nanterre et Argenteuil plus bas, deux vers Puteaux et Paris. Un flot de voitures, de motos, de scooters, de bahuts et d'autobus à rallonge avec leurs soufflets comme des intestins. Au milieu, le chantier du tram.

Lui, il débarque au feu rouge. Vieux, avec l'amorce du décati mais portant beau encore, par endroits rapiécé. Le clair des yeux, l'absence de gras, la taille haute. Il a battu la semelle, on le voit à sa petite fatigue poussiéreuse, à ses croquenots blanchis et à son air d'un ailleurs qu'on situe mal. On n'est pas très calé en géographie et le vent a soufflé sur des frontières plantées au petit malheur. Mais il vient de l'Est. Roumain, on dirait sans trop craindre l'erreur diplomatique. Rom, on précise pour mieux situer, avoir l'air féru et suivre l'actualité. Il arbore le chapeau et le pardingue râpé. L'accent, quand il vous parle, est de langue latine. Il est badgé vendeur ambulant, journal de rue. Il propose son canard aux autos arrêtées quand le feu est rouge. À la saison, il vend aussi des fleurs. Des jonquilles en petits bouquets, bien ficelés. Il s'appelle Nicolae ou Mihaï, il perche à Nanterre ou vers Asnières, dans un de ces camps-bidonvilles qu'on exhibe aux informations télévisées quand un ministre de l'Intérieur se prend d'un dada. Une envie pressante de chiffres à monter en mayonnaise.

Nicolae a des frangins, des cousins, des nièces et des petits-neveux. Ils se plantent aux coins de rues, devant la supérette, tiennent la porte au bureau de poste. Dans leurs paniers, les jonquilles. Elles font des petites rondes de cornettes toutes jaunes et on pense à des bonnes sœurs joyeuses qui auraient mis des couleurs un dimanche de Pâques.

Nicolae et sa smala se débrouillent. Des bricoles, des tuyaux, des combines. De la démerde en carton-pâte. Le rafistolage pour pain quotidien. Du va-comme-j'te-pousse. Poussés, ils le sont. Par le vent qui les roule comme les chardons du Baragan. Par la police, les bulldozers et les cailloux. Ils ont croisé les haïdouks, ces bandits de grands chemins que chantait Panaït Istrati. Ils ont transbahuté des baquets sur les docks de Braïla, étamé la ferraille, fabriqué des briques à la glaise des chemins. Ils font miroiter des images de vent, de couteaux effilés, de musique et de poches retournées. Passe-passe et tours de foire, sous les couleurs guenilles la misère est sauvage plus souvent qu'à son tour. Mais parfois, un présent s'y cache. Sans pourquoi ni comment. C'était peut-être la femme de Nicolae, la vieille aux yeux lavande qui m'a fait celui-là. Un grigri invisible, tissé de quelques mots. Elle mendigotait, métro Grande Arche, assise sur les marches. Dans le flot, je suis passé raide comme balle. Et puis, comme un remords, le besoin de sortir du lot ou une manigance dans mon dos. J'ai rebroussé chemin. J'ai mis une pièce dans sa main. Elle a chopé la mienne. Les rides en sillons sur son visage, ses yeux dans les miens. « Tu es béni », elle a dit. J'ai repris le flot, « Tu es béni », elle a répété, comme si elle voulait que j'en sois bien sûr. Elle le disait comme une évidence qu'elle aurait lue dans ma paume. J'ai enquillé les couloirs avec ma main toute bête où la sienne avait laissé son empreinte. Elle devait faire le coup toute la sainte journée. Mais moi, gadjo nigaud, j'étais béni. Mon âme toute lavée. Et c'était plus fort que la petite croix du curé tracée sur mon front le jour de ma communion. « Je suis le dernier de la classe humaine, mais je sais qui vit dans la beauté du ciel », écrit Jean-Marie Kerwich dans *L'évangile du gitan*.

Au coin des rues, il y a de drôles de trucs.

Entre RER et circulaire, la passerelle ne mène nulle part. Suspendue dans le vide, à dix mètres du sol, elle ressemble à une piste d'envol. Elle reliera bientôt l'Arche de la Défense à Nanterre-Préfecture mais dans son ébauche elle défie toute logique. Inachevée, elle ne sert à rien d'autre qu'à baguenauder dans le vide, un peu plus près du ciel. Trois cents mètres et elle s'arrête, net. Plongée vertigineuse. En bas, les immeubles d'un quartier de bureaux, le ruban des bagnoles vers l'A 86, les chantiers. C'est une jetée vers l'ailleurs où la vue embrasse loin : les cités HLM, les zones pavillonnaires accrochées à leurs flancs, les entrepôts et toute la logistique routière qui les relie aux voies d'accès, des tendons de béton, des artères de ciment, des parkings à camions, des no man's land et des friches. Des cheminées d'usines. Les papeteries de Nanterre, la Climadef, sur Courbevoie. C'est beau le travail des hommes. La passerelle vous en colle plein les mirettes et vous gonfle le cœur. « Peut-être l'air des sommets », on se dit, fouetté par le vent. Et c'est bon. À présent, elle enjambe un cimetière, il doit y faire doux l'été à l'ombre du lierre et des caveaux.

La passerelle est assez large pour faire décoller un avion mais c'est aux bonshommes de Folon qu'on songe. Ceux d'un ancien générique télé qui les voyait battre des bras et s'envoler dans un ciel de livres ouverts.

On aimerait la garder ainsi, la passerelle. Sa beauté gratuite, elle la perdra devenue voie de passage, et on l'en aime davantage. Éphémère, fragile malgré ses tonnes de béton. Elle n'existe que pour les amoureux, les flâneurs et les oiseaux.

En être un, c'est tentant. Dix heures du matin, personne. On cavale vers le vide, on s'élance, on ouvre grand les bras, et, comme Jonathan Livingston le Goéland, on s'envole.

Dear Father we dream, we dream, we dream…

NOTES

Page 12.

— Francis Carco, « Le doux caboulot », 1931.

— Julien Duvivier, « Quand on se promène au bord de l'eau ». Chanson interprétée par Jean Gabin dans le film *La belle équipe*, 1936.

Page 13.

— Jean Guigo, « Luna Park », chanson interprétée par Yves Montand, 1944.

Page 20.

— Louis-Ferdinand Céline, dans sa préface à Albert Serouille, *Bezons à travers les siècles* (Denoël, 1944) ; dans les *Cahiers Céline n° 1*, « Céline et l'actualité littéraire, I (1932-1957) », Cahiers de la N.R.F., Gallimard, 1976.

Page 35.

— Léo Ferré, « Le chien », *Amour Anarchie*, Barclay, 1970.

— Jacques Mareuil, « La lune est morte » (1968), 1997 UMSM, Mercury France, 1997.

Page 41.

— Carmen Bernand, *Les vieux vont mourir à Nanterre*, Le Sagittaire, 1978.

Page 59.

— Michel Jourdan, *Allô Maillot, 38-37*, Universal/Barclay, 1964.

Page 68.

— *Liberté*, décembre 1961.

Page 71.

— Entretien accordé par Fréhel à *Point de Vue-Images du monde*, en avril 1937 et janvier 1949, cité par Nicole et Alain Lacombe, *Fréhel*, Belfond, 1990.

Page 72.

— Aristide Bruant, « À Saint-Lazare », vers 1889.

Pages 72-73.

— Cité par Nicole et Alain Lacombe, *Fréhel*, *op. cit.*

Page 73.

— Aristide Bruant, « Les loupiots », *Dans la rue, chansons et monologues*, 2 volumes, s. d. (1889-1895).

— *Ma grand-mère est une rockeuse* (compilation), Boucherie / Island / Polygram, 1991.

Page 74.

— Paul Léautaud, *Journal littéraire*, Mercure de France, 1954-1966.

— *In Memoriam*, Mercure de France, 1956, nouvelle édition en 1987.

Page 75.

— Paul Léautaud, *Correspondance* (2 vol.), 10/18, 2001.

Pages 75-77.

— Témoignages recueillis par François Billard et Didier Roussin, *Histoires de l'accordéon*, éditions Climat-Ina, 1991.

Page 78.

— Maurice Vidalin, « Les boutons dorés », *Vogue*, 1959.

Page 79.

— Jérôme Garcin, *Littérature vagabonde*, Flammarion, 2009.

Pages 80-82.

— Jürg Kreienbühl, *Peinture de la passion / Malerei der Leidenschaft* (édition bilingue), Friedrich Reinhardt, Verlag Basel, 1999.

Page 82.

— Louis-Ferdinand Céline, dans sa préface à Albert Serouile, *Bezons à travers les siècles, op. cit.*

Page 83.

— Jürg Kreienbühl, *Peinture de la passion / Malerei der Leidenschaft, op. cit.*

Pages 83-84.

— Louis-Ferdinand Céline, *D'un château l'autre* (1957), Gallimard, collection Folio, 1973.

Page 85.

— Albert Paraz, *Le Gala des vaches* (1948), L'Âge d'homme, 2003.

— Louis-Ferdinand Céline, *Cahiers Céline n° 6, Lettres à Albert Paraz (1947-1957)*, Gallimard, Cahiers de la N.R.F., 1980, nouvelle édition en 2009.

Page 86.

Cité par Dominique Desanti, *Robert Desnos, la romance d'une vie*, Mercure de France, 1999.

Pages 89-90.

— Arletty, *La Défense*, éditions de la Table ronde, 1971.

Page 93.

— *Johnny Guitar*, film de Nicholas Ray, 1954, avec Sterling Hayden dans le rôle-titre.

Page 99.

— Louis Chevalier, *Classes laborieuses et classes dangereuses à Paris pendant la première moitié du* XIX*e siècle*, Plon, 1958.

Page 100.

— Cité par Robert Giraud, *Paris mon pote*, Le Dilettante, 2008.

Pages 101-102.

— Jonathan Swift, *Poèmes pour les marchands de pommes* (éditions bilingue), traduit de l'anglais par Emmanuel Malherbet, Éditions de l'Arbre, 2008.

Page 103.

— Lily Lian, *Lily Paname, mémoires de la dernière chanteuse des rues*, Olivier Orban, 1981.

Page 108.

— Léo Malet, « Simple conte », *Textes automatiques* (1930), dans le volume *Poèmes surréalistes*, Intégrale Léo Malet, vol. 5, Robert Laffont, Bouquins, 1989.

Page 109.

Honoré de Balzac, *Les Petits Bourgeois* (1855), roman inachevé, dans *La Comédie humaine*, Gallimard, collection Bibliothèque de la Pléiade, t. VIII, 1978.

Page 113.

— Diam's, « Ma France à moi », extrait de l'album *Dans ma bulle*, 2006 Capitol Music, une division d'EMI Music France.

Page 115.

— Louis Aragon, « Que serais-je sans toi ? », *Le Roman inachevé*, Gallimard, collection Blanche, 1956 ; Poésie/Gallimard, 1966.

Page 118.

— André Hardellet, « La chambre froide », in *Les chasseurs*, Gallimard, collection L'Imaginaire, 2000.
— Georges Brassens, « Brave Margot », *Le Vent*, Polydor, 1953.

Pages 121-122.

— Pierre Mac Orlan, « Souvenirs de Grenelle », dans *Poésies documentaires complètes*, Gallimard, collection Blanche, 1954, Poésie / Gallimard, 1982.

Page 122.

— Jean-Paul Clébert, *Paris insolite*, Denoël, 1953.
— Léo Ferré, « Les poètes », extrait de l'album *Paname*, Barclay, 1961.

Page 125.

— Jean-Marie Kerwich, *L'évangile du gitan*, Mercure de France, 2008.

Page 127.

— Neil Diamond, bande originale du film *Jonathan Livingston le Goéland* (1973), Columbia, 1991.

COLLECTION FOLIO 2€

Dernières parutions

4839. Julian Barnes — *À jamais* et autres nouvelles
4840. John Cheever — *Une américaine instruite* précédé d'*Adieu, mon frère*
4841. Collectif — *«Que je vous aime, que je t'aime!» Les plus belles déclarations d,amour*
4842. André Gide — *Souvenirs de la cour d'assises*
4843. Jean Giono — *Notes sur l'affaire Dominici* suivi d'*Essai sur le caractère des personnages*
4844. Jean de La Fontaine — *Comment l'esprit vient aux filles* et autres contes libertins
4845. Yukio Mishima — *Papillon* suivi de *La lionne*
4846. John Steinbeck — *Le meurtre* et autres nouvelles
4847. Anton Tchekhov — *Un royaume de femmes* suivi de *De l'amour*
4848. Voltaire — *L'Affaire du chevalier de La Barre* précédé de *L,Affaire Lally*
4875. Marie d'Agoult — *Premières années (1806-1827)*
4876. Madame de Lafayette — *Histoire de la princesse de Montpensier* et autres nouvelles
4877. Madame Riccoboni — *Histoire de M. le marquis de Cressy*
4878. Madame de Sévigné — *«Je vous écris tous les jours...» Premières lettres à sa fille*
4879. Madame de Staël — *Trois nouvelles*
4911. Karen Blixen — *Saison à Copenhague*
4912. Julio Cortázar — *La porte condamnée* et autres nouvelles fantastiques
4913. Mircea Eliade — *Incognito à Buchenwald...* précédé d'*Adieu!...*
4914. Romain Gary — *Les Trésors de la mer Rouge*

4915. Aldous Huxley — *Le jeune Archimède* précédé de *Les Claxton*
4916. Régis Jauffret — *Ce que c'est que l'amour* et autres microfictions
4917. Joseph Kessel — *Une balle perdue*
4918. Lie-tseu — *Sur le destin* et autres textes
4919. Junichirô Tanizaki — *Le pont flottant des songes*
4920. Oscar Wilde — *Le portrait de Mr. W.H.*
4953. Eva Almassy — *Petit éloge des petites filles*
4954. Franz Bartelt — *Petit éloge de la vie de tous les jours*
4955. Roger Caillois — *Noé* et autres textes
4956. Jacques Casanova — *Madame F.* suivi d'*Henriette*
4957. Henry James — *De Grey, histoire romantique*
4958. Patrick Kéchichian — *Petit éloge du catholicisme*
4959. Michel Lermontov — *La princesse Ligovskoï*
4960. Pierre Péju — *L'idiot de Shanghai* et autres nouvelles
4961. Brina Svit — *Petit éloge de la rupture*
4962. John Updike — *Publicité* et autres nouvelles
5010. Anonyme — *Le petit-fils d'Hercule. Un roman libertin*
5011. Marcel Aymé — *La bonne peinture*
5012. Mikhaïl Boulgakov — *J'ai tué* et autres récits
5013. Sir Arthur Conan Doyle — *L'interprète grec* et autres aventures de Sherlock Holmes
5014. Frank Conroy — *Le cas mystérieux de R.* et autres nouvelles
5015. Sir Arthur Conan Doyle — *Une affaire d'identité* et autres aventures de Sherlock Holmes
5016. Cesare Pavese — *Histoire secrète* et autres nouvelles
5017. Graham Swift — *Le sérail* et autres nouvelles
5018. Rabindranath Tagore — *Aux bords du Gange* et autres nouvelles
5019. Émile Zola — *Pour une nuit d'amour* suivi de *L'inondation*
5060. Anonyme — *L'œil du serpent. Contes folkloriques japonais*
5061. Federico García Lorca — *Romancero gitan* suivi de *Chant funèbre pour Ignacio Sanchez Mejias*

5062. Ray Bradbury — *Le meilleur des mondes possibles* et autres nouvelles
5063. Honoré de Balzac — *La Fausse Maîtresse*
5064. Madame Roland — *Enfance*
5065. Jean-Jacques Rousseau — *« En méditant sur les dispositions de mon âme... »* et autres rêveries, suivi de *Mon portrait*
5066. Comtesse de Ségur — *Ourson*
5067. Marguerite de Valois — *Mémoires. Extraits*
5068. Madame de Villeneuve — *La Belle et la Bête*
5069. Louise de Vilmorin — *Sainte-Unefois*
5120. Hans Christian Andersen — *La Vierge des glaces*
5121. Paul Bowles — *L'éducation de Malika*
5122. Collectif — *Au pied du sapin. Contes de Noël*
5123. Vincent Delecroix — *Petit éloge de l'ironie*
5124. Philip K. Dick — *Petit déjeuner au crépuscule* et autres nouvelles
5125. Jean-Baptiste Gendarme — *Petit éloge des voisins*
5126. Bertrand Leclair — *Petit éloge de la paternité*
5127. Alfred de Musset-George sand — *« Ô mon George, ma belle maîtresse... » Lettres*
5128. Grégoire Polet — *Petit éloge de la gourmandise*
5129. Paul Verlaine — *L'Obsesseur précédé d'Histoires comme ça*
5163. Akutagawa Ryûnosuke — *La vie d'un idiot* précédé d'*Engrenage*
5164. Anonyme — *Saga d'Eiríkr le Rouge* suivi de *Saga des Groenlandais*
5165. Antoine Bello — *Go Ganymède!*
5166. Adelbert von Chamisso — *L'étrange histoire de Peter Schlemihl*
5167. Collectif — *L'art du baiser. Les plus beaux baisers de la littérature*
5168. Guy Goffette — *Les derniers planteurs de fumée*
5169. H. P. Lovecraft — L'horreur de Dunwich
5170. Léon Tolstoï — *Le diable*

5184. Alexandre Dumas — *La main droite du sire de Giac* et autres nouvelles
5185. Edith Wharton — *Le miroir suivi de Miss Mary Pask*
5231. Théophile Gautier — *La cafetière* et autres contes fantastiques
5232. Claire Messud — *Les Chasseurs*
5233. Dave Eggers — *Du haut de la montagne, une longue descente*
5234. Gustave Flaubert — *Un parfum à sentir ou Les Baladins* suivi de *Passion et vertu*
5235. Carlos Fuentes — *En bonne compagnie* suivi de *La chatte de ma mère*
5236. Ernest Hemingway — *Une drôle de traversée*
5237. Alona Kimhi — *Journal de berlin*
5238. Lucrèce — *« L'esprit et l'âme se tiennent étroitement unis ». Livre III de « De la nature »*
5239. Kenzaburô Ôé — *Seventeen*
5240. P. G. Wodehouse — *Une partie mixte à trois* et autres nouvelles du green
5290. Jean-Jacques Bernard — *Petit éloge du cinéma d'aujourd'hui*
5291. Jean-Michel Delacomptée — *Petit éloge des amoureux du Silence*
5292. Mathieu Térence — *Petit éloge de la joie*
5293. Vincent Wackenheim — *Petit éloge de la première fois*
5294. Richard Bausch — *Téléphone rose* et autres nouvelles
5295. Collectif — *Ne nous fâchons pas ! ou L'art de se disputer au théâtre*
5296. Robin Robertson — *Fiasco ! Des écrivains en scène*
5297. Miguel de Unamuno — *Des yeux pour voir* et autres contes
5298. Jules Verne — *Une fantaisie du Docteur Ox*
5299. Robert Charles Wilson — *YFL-500* suivi du *Mariage de la dryade*
5347. Honoré de Balzac — *Philosophie de la vie conjugale*
5348. Thomas De Quincey — *Le bras de la vengeance*
5349. Charles Dickens — *L'embranchement de Mugby*
5350. Épictète — *De l'attitude à prendre envers les tyrans*

5351. Marcus Malte	*Mon frère est parti ce matin…*
5352. Vladimir Nabokov	*Natacha* et autres nouvelles
5353. Arthur Conan Doyle	*Un scandale en Bohême* suivi de *Silver Blaze. Deux aventures de Sherlock Holmes*
5354. Jean Rouaud	*Préhistoires*
5355. Mario Soldati	*Le père des orphelins*
5356. Oscar Wilde	*Maximes* et autres textes
5415. Franz Bartelt	*Une sainte fille* et autres nouvelles
5416. Mikhaïl Boulgakov	*Morphine*
5417. Guillermo Cabrera Infante	*Coupable d'avoir dansé le cha-cha-cha*
5418. Collectif	*Jouons avec les mots. Jeux littéraires*
5419. Guy de Maupassant	*Contes au fil de l'eau*
5420. Thomas Hardy	*Les intrus de la Maison Haute* précédé d'un autre conte du Wessex
5421. Mohamed Kacimi	*La confession d'Abraham*
5422. Orhan Pamuk	*Mon père* et autres textes
5423. Jonathan Swift	*Modeste proposition* et autres textes
5424. Sylvain Tesson	*L'éternel retour*
5462. Lewis Carroll	*Misch-Masch* et autres textes de jeunesse
5463. Collectif	*Un voyage érotique. Invitations à l'amour dans la littérature du monde entier*
5464. François de La Rochefoucauld	*Maximes* suivi de *Portrait de La Rochefoucauld par lui-même*
5465. William Faulkner	*Coucher de soleil* et autres Croquis de La Nouvelle-Orléans
5466. Jack Kerouac	*Sur les origines d'une génération* suivi de *Le dernier mot*
5467. Liu Xinwu	*La Cendrillon du canal* suivi de *Poisson à face humaine*
5468. Patrick Pécherot	*Petit éloge des coins de rue*
5469. George Sand	*La château de Pictordu*
5470. Montaigne	*De l'oisiveté* et autres Essais en français moderne

5471. Martin Winckler — *Petit éloge des séries télé*
5523. E.M. Cioran — *Pensées étranglées* précédé du *Mauvais démiurge*
5524. Dôgen — *Corps et esprit. La Voie du zen*
5525. Maître Eckhart — *L'amour est fort comme la mort* et autres textes
5526. Jacques Ellul — « *Je suis sincère avec moi-même* » et autres lieux communs
5527. Liu An — *Du monde des hommes. De l'art de vivre parmi ses semblables*
5528. Sénèque — *De la providence* suivi de *Lettres à Lucilius (lettres 71 à 74)*
5529. Saâdi — *Le Jardin des Fruits. Histoires édifiantes et spirituelles*
5530. Tchouang-tseu — *Joie suprême* et autres textes
5531. Jacques De Voragine — *La Légende dorée. Vie et mort de saintes illustres*
5532. Grimm — *Hänsel et Gretel* et autres contes
5589. Saint Augustin — *L'Aventure de l'esprit et autres Confessions*
5590. Anonyme — *Le brahmane et le pot de farine. Contes édifiants du Pañcatantra*
5591. Simone Weil — *Pensées sans ordre concernant l'amour de Dieu* et autres textes
5592. Xun zi — *Traité sur le Ciel* et autres textes
5606. Collectif — *Un oui pour la vie ? Le mariage en littérature*
5607. Éric Fottorino — *Petit éloge du Tour de France*
5608. E. T. A. Hoffmann — *Ignace Denner*
5609. Frédéric Martinez — *Petit éloge des vacances*
5610. Sylvia Plath — *Dimanche chez les Minton* et autres nouvelles
5611. Lucien — « *Sur des aventures que je n'ai pas eues* ». *Histoire véritable*
5631. Boccace — *Le Décaméron. Première journée*
5632. Isaac Babel — *Une soirée chez l'impératrice* et autres récits

Composition Nord Compo
Impression Novoprint
à Barcelone, le 22 janvier 2015
Dépôt légal : janvier 2015
1ᵉʳ dépôt légal dans la collection : août 2012

ISBN 978-2-07-044806-7 / Imprimé en Espagne.

285887

5633.	Saul Bellow	*Un futur père* et autres nouvelles
5634.	Belinda Cannone	*Petit éloge du désir*
5635.	Collectif	*Faites vos jeux ! Les jeux en littérature*
5636.	Collectif	*Jouons encore avec les mots. Nouveaux jeux littéraires*
5637.	Denis Diderot	*Sur les femmes* et autres textes
5638.	Elsa Marpeau	*Petit éloge des brunes*
5639.	Edgar Allan Poe	*Le sphinx* et autres contes
5640.	Virginia Woolf	*Le quatuor à cordes* et autres nouvelles
5714.	Guillaume Apollinaire	*« Mon cher petit Lou ». Lettres à Lou*
5715.	Jorge Luis Borges	*Le Sud* et autres fictions
5716.	Thérèse d'Avila	*Le Château intérieur. Les trois premières demeures de l'âme*
5717.	Chamfort	*Maximes* suivi de *Pensées morales*
5718.	Ariane Charton	*Petit éloge de l'héroïsme*
5719.	Collectif	*Le goût du zen. Recueil de propos et d'anecdotes*
5720.	Collectif	*À vos marques ! Nouvelles sportives*
5721.	Olympe De Gouges	*« Femme, réveille-toi ! » Déclaration des droits de la femme et de la citoyenne* et autres écrits
5722.	Tristan Garcia	*Le saut de Malmö* et autres nouvelles
5723.	Silvina Ocampo	*La musique de la pluie* et autres nouvelles
5758.	Anonyme	*Fioretti*
5759.	Gandhi	*En guise d'autobiographie*
5760.	Leonardo Sciascia	*La tante d'Amérique*
5761.	Prosper Mérimée	*La perle de Tolède* et autres nouvelles
5762.	Amos Oz	*Chanter* et autres nouvelles
5794.	James Joyce	*Un petit nuage* et autres nouvelles
5795.	Blaise Cendrars	*L'Amiral*
5796.	Collectif	*Pieds nus sur la terre sacrée. Textes rassemblés par T. C. McLuhan*
5797.	Ueda Akinari	*La maison dans les roseaux* et autres contes
5798.	Alexandre Pouchkine	*Le coup de pistolet* et autres récits de feu Ivan Pétrovitch Bielkine